落難千金翻身記

上

風文創 945

溪拂 著

目錄

序文

溪拂

心有所想，必有所及。

寫故事是我自小喜歡做的事情，小時候沒有電腦、手機，就用紙筆一字一字記下來，如今抽屜裡還保留了當年那些文筆稚嫩的小故事，一張一張變得泛黃，看起來很有歷史感。

喜歡寫，也喜歡看，以前十分喜歡看武俠小說，像是古龍的《歡樂英雄》、《七殺手》，金庸的《雪山飛狐》、《射雕英雄傳》等，那時候看了一遍又一遍都不覺得膩；時過境遷，現在各種文化產業出現，網路文學層出不窮，題材多樣化，我在其中閱讀了好些不一樣的俗世情感，追逐著在不同階段的流行，以及獲得的那一份啟發。

讀書時期，在報紙上發表了幾篇散文，還拿到了稿費，那時候整個人很有動力；畢業後出來工作，浮浮沈沈，身不由己，周圍的人和事有些令自己無法接受，但不得不在其中妥協，因為日子得繼續過，只能在休息日裡給自己一點空間，做自己從沒放棄過的事情：寫小說。

一早起床，一杯茶，一盤點心，一臺筆記型電腦，遨遊在千姿百態的腦洞裡，好不愜意。

從一個又一個想像的時代裡，寫出自己喜歡的人物及他們的人生，而他們甚至在不經意間慢慢融入我的內心深處，成為不可缺少的一部分，從不問世事到參透人世間種種，每個生命都是一部蕩氣迴腸的故事，奇妙的緣分，給了我與每個設定的人物攜手並行。

在一個陽光明媚的冬日裡，收到編輯大大發來的消息——狗屋出版社看中我的一本小說，即將發行繁體版。當時整個人都懵了，留言看了一遍又一遍，以為自己眼花了，還讓同事幫忙確定一遍，那時的心情真的無法言喻。對我而言，這真的是一個大大的鼓勵，讓我在創作道路上得到一份肯定和一份堅定。

在人世間多年，能遇到一個相知的貴人是多麼幸運的事。在這裡要萬分感謝編輯大大們，因為她們的推薦和指導，使這本書有了出版的機會，讓我筆下的文字能得到另一種豐滿修飾，得滋養，足欣慰矣。

當然，還要感謝那些看完這本書的讀者們，謝謝你們能購買這本書，謝謝你們能耐心的看完這段文字，如果這本書能帶給你們閱讀上的快樂，那也是給了我最大的滿足感。

每一個故事是虛構的，而我的祝願是真心實意的。

時光流逝，珍存過往，不愧曾來此行。

感謝各位，請看故事吧！

第一章

大津十八年。

景都西郊一個叫梅隴縣的小縣城，安隆街。

冷風瑟瑟，雪花飄飄，路人抖索著身子，急忙把衣領緊緊攏好，縮著脖子，巴不得快些躲到熱炕暖和暖和。

無奈日子總要折騰，不然連條棉被都沒了，一口飯也沒得吃了。

大街上做生意的因大冷天少有人來光顧，顯得莫名的冷清，甚至有幾家店面都關閉著。

馬路左邊的米鋪前擺著一張小木桌，邊上坐著一位瘦弱的書生，穿著有些單薄，雙手緊緊相扣在寬鬆的衣袖裡摩擦著，肚子已是餓得咕嚕咕嚕叫，從早坐到現在半晌，還沒開過一單，口袋裡空盪盪的，一文錢都沒有。

他的攤位對面是一個姑娘家在唱著曲兒，面前擺著兩個木桶，裡頭是白嫩嫩的豆花，人來人往，倒是給姑娘家的曲兒吸引了，做了幾單買賣。

書生起身走過來，瞄了瞄那蓋著的木桶，左找找右找找，還是一文錢都沒有，只能轉身離開。

「先生，可是要一碗豆花啊？」姑娘笑著問。

書生擺擺手，面露羞澀。

「不是……不是……」

姑娘自個兒舀了一碗豆花遞到書生面前。

「先生，吃一碗吧，還熱著呢。」

書生嗅到一股香甜味，肚子更是餓得叫囂，心想著這位姑娘該是聽到了。

「吃吧，先生，我看你整日都沒吃東西了，這天又冷，暖暖身子也好。」

書生耳根不由得紅了一半，矜持的接過瓷碗，立即狼吞虎嚥地把一碗豆花吃了下去。

「姑娘，這碗豆花多少錢？」

「沒事，就當我請先生吃的。」

「這……」書生露出不好意思的臉色。

「先生，我瞧著今日你都沒有生意，說真的，做買賣可要大聲吆喝才是啊，要不然誰知啊？」

「姑娘說得是，可我……」書生文弱，豈敢在大街小巷破口吆喝呢？何況他只是幫人寫寫書信、畫畫圖罷了。

吆喝招攬生意，他還真的做不到啊！

「姑娘，小生萬分感激姑娘施捨了一碗豆花，這簡直是雪中送炭啊！」

「先生，在這世道彼此互助，一碗豆花不足掛齒。」姑娘笑著說：「或許到時我還得需要先生幫忙呢。」

「姑娘，我也只會寫幾個字。」書生小聲說道。

這時有人來買豆花，那書生見姑娘忙就回到自己的攤位坐下，抬頭看著姑娘笑嘻嘻迎客，就覺剛吃的那一碗豆花特別的香。

吃了人家一碗豆花，還不知道姑娘姓啥名啥呢。

片刻後，米鋪的張掌櫃走了出來，想跟書生嘮嗑幾句。

「清，今天可出單了啊？」張掌櫃問書生。

書生搖搖頭，不由得嘆了口氣。

「今日一單未出。」

「清，沒事，這會兒沒有，說不定等一下就會有的，你的字寫得那麼好看。」張掌櫃安慰著說。

蘇清聽了張掌櫃的話，心想自己字寫得好看有什麼用，平民百姓哪裡懂得字好不好，只要能把書信傳達出去就不錯了。

「張掌櫃，那位姑娘你可認得？」蘇清指了指前面攤子上正在賣豆花的姑娘問道。

「你說她啊？當然認識，這姑娘心善，自己沒賺多少錢卻時常幫著別人。」前兩天還在他店裡買了點米，說是要給住在隔壁的孤寡李奶奶送去。

「說句實話，剛剛我就喝了她一碗豆花，她……沒跟我拿錢。」因為自己的口袋也沒銀子可給。

「這姑娘也是十幾天前來這兒擺攤，聽說從江南一帶來的，這幾日我瞧著她的生意不錯。」

別家沒什麼生意，她還能把挑來的兩桶豆花賣掉算是很好了。

蘇清因家裡有急事要辦，好幾日沒來擺攤寫字，今天才遇到這好心姑娘。

「這姑娘嘴甜，唱的曲兒好聽，大家都往她的攤子去了。」

蘇清點點頭，這姑娘做生意有一套。

「這天實在太冷了，清要不就進店裡取取暖？」張掌櫃也是一個善人，對蘇清很好。

說起來，蘇清本也考了個秀才名銜，字寫得好，日子也過得不錯，跟自己的親娘相依為命。

無奈後來親娘生病，花了好多錢治病，才讓他落得如此困難。

前些天他的親娘因病不得治而去世，他一處理完喪事就回來擺攤了。而處理喪事的錢還是張掌櫃看著他可憐借給他的，要不然他的娘親都沒地兒安葬，就真的要成了孤魂野鬼。

「張掌櫃，跟您借的銀子可能沒那麼快還……」蘇清作揖以示感激，面色有些難為情。

「清，先不說這個，我知道你情況，把你娘親的喪事妥當處理好就行。」張掌櫃拍了拍他的肩膀說。

兩人走進了米店，蘇清一下子感到暖和了許多。

他心裡感嘆不已，自己的人生，難不成就真的要一直這麼窮困潦倒嗎？

而如今只剩下自己一人，沒什麼牽掛，無奈他太不甘就這樣過下去，至少張掌櫃給的銀子要還，連他的娘親臨死前還唸叨著自己的兒子都沒能娶個媳婦，為蘇家傳宗接代。

當時他能怎麼回答？

他這副模樣哪有閒情逸致娶妻，且哪家姑娘敢看上他啊？

另一邊的豆花攤，陶如意用粗布擦了擦木桶四周，找了塊石墩坐了下來。

今天生意不錯，她摸了摸掛袋，裡頭應該有好幾十文錢。

她的嗓子有點嘶啞，一大早吆喝兼唱曲兒，回去得買個梨子潤潤喉，畢竟她的生意可是靠著自己這一副嗓子引來許多吃客的。

前些天來了這安隆街找個位置擺攤，她還擔心自己剛來，人生地不熟的沒生意，而且這天冷，怕沒什麼人來光顧。

不過總得試試，所以就大膽的挑了兩個木桶來這裡，想不到不一會兒就有人來要一碗吃，吃完還說豆花味道不錯，多帶了一碗回去。

有了好的開始，接下來就順利多了。

其實這做豆花的手藝可是柳絮家的拿手活，陶如意覺得自己能有所收入，多虧了跟了自己幾年的丫鬟柳絮。

她如今的處境變成這樣，柳絮沒有拋下她不顧，反倒一直跟在身邊如往常一樣陪著她、照顧她。

以前十指不沾陽春水，祖母和爹娘都疼著，身旁有得力的婆子、丫鬟伺候起居，這會兒瞧了瞧自己的雙手，都長了幾個繭。

往事如煙，陶如意此時此刻不想再去回憶。

一旦想起，肆無忌憚的仇恨油然而生，有多恨就有多痛，有多絕望就有多傷悲；而腮頰處那一道傷痕，時時刻刻提醒著她絕地逢生是如何不易。

有時為了親人安於現狀不去多想。

無奈那往事如針刺一樣，在她思緒平靜時如約而至，還會一層一層揭開令她咬牙切齒。

她的親人有的因熬不過去世，而她的爹娘還在暗無天日的監牢裡受折磨；她陶家的大門緊閉，蕭索不堪，上面還貼著那官家告示。

心裡難受，思緒如洪水一般襲來，讓陶如意一個忍不住，眼眶慢慢紅了。

這時，耳邊傳來一個男子的詢問聲。

「姑娘，妳賣啥好吃的啊？」

陶如意深吸了口氣，生意總得照常做。

她立刻起身抬眸望去，一個身穿青色厚大皮褂的男子站在攤位前。

她笑著回道：「客官，我賣的是豆花，一碗半文錢。」

「姑娘，那就先給我兩碗吧。」男子說道。

「好咧，客官，你稍等片刻。」陶如意熟練地用木勺刮了刮幾塊豆花，放到碗裡，上面淋了點蜂蜜漿。

男子急忙阻止道：「姑娘，不要甜漿，我家老大不喜歡。」

原來後面還有人要過來。

陶如意覺得自家賣的豆花甜些才好吃，不過客官如此要求，她就按著人家的意思把四碗豆花盛好放在邊角處。

來陶如意這攤位的男子叫田石櫃，是跟著他家老大李承元出來溜溜轉轉的。溜轉了大半天有些累，到了安隆街這兒就開始找吃的，遠遠看到路邊有一個姑娘擺著攤就過來瞧瞧。

冬雪越下越大，路上的人少了些，做買賣的也大都早些收攤。

陶如意緊了緊身上那件早已褪色的披風，把盛好的一碗豆花遞給田石櫃說：「客官，要不你先吃吧，這大冷天的還是要趁熱吃的好。」

「來了，來了。」田石櫃提聲說道：「我家老大開吃了我才能動手。」

這時，大街轉彎處走來一個穿著厚大褂的男子，衣裳上都沾了好些雪花。

瞧著氣勢洶洶的，連路人似是被他這行頭驚到，急忙地躲到一邊，不敢正眼去打探究竟。

如今這世道能活命才是最在心的，一不小心就被割脖子是常有的事，不可不防著點哪。

「老大，快過來先嚐嚐。」田石櫃大聲喊著。

他忙端了其中沒多加蜂蜜漿的一碗豆花走過去，遞給走近的男子，笑呵呵說：「還有些熱氣呢。」

「石櫃，一看到有吃的，你跑得最快。」李承元吊兒郎當說道。

「那當然了，老大，轉了一大圈，還真有點餓了。」田石櫃一邊嬉皮笑臉對李承元說，一邊拿了一碗加了蜂蜜漿的豆花就開吃，沒幾口就見底，回頭對陶如意說：「姑娘，再給我一碗吧。」

這麼點都不夠填飽肚皮啊！

陶如意的攤子被這兩個大男人圍著，一時還真有些不知所措。

而且她發覺一些路人經過都躲得遠遠的，不敢靠近。

陶如意來安隆街擺攤沒幾天，自然還不清楚這條街有什麼不妥。

片刻後，豆花就賣出了四、五碗，兩個木桶差不多見底了。

陶如意見狀，沒了剛才不安的心緒，她心裡美滋滋的，想著今日能早些回家喝徐娘煮的暖湯了。

這冬日寒風凜冽，雪花飄飄，就算穿得厚也還是有冷風襲入，雙頰都凍得紅通通的，雙手不由得互搓著。

田石櫃看姑娘這模樣，忙拿了幾十文錢遞給陶如意。「姑娘，這天冷，妳還是早些收拾回去吧。」

聽了這話，更讓陶如意沒了什麼防備的心思。

「謝謝客官，以後常來光顧。」

陶如意滿臉歡喜的接過田石櫃手裡的銀子。

「老大，我們還要不要再去前村溜溜啊？」田石櫃問向剛吃完的李承元。

這時，陶如意才去注意那位被稱為老大的男子，恍然間整個人呆愣在原處。

怎麼見著似曾相識？但一時又想不起在哪裡見過。

這位老大身形頎長，一雙眼光射寒星，但又透著一股不知所謂的邪氣。

許是趕了路程，肩上、髮上都落滿了積雪，李承元無心顧及，對著田石櫃點了點頭。

「再去白家村看看。」

陶如意一聽見白家村，不由得豎起耳朵聽個仔細。

這兩人是白家村的嗎？她在白家村住了幾年，卻沒有見過他們。

李承元抬眼注意到了陶如意的凝視，瞳眸微沈，似有什麼情緒。

他仔細端詳一番，瞬間眼色就寡淡平靜，一抹異色閃過。

陶如意還沒回過神來，一直在想這人到底為何會在她腦海裡起起伏伏，還有剛才說的「再去白家村看看」的話。

李承元只是盯著陶如意看。

陶如意被一個外人這麼盯著，心裡有點無措，讓她本就凍得通紅的雙頰，這時更是紅上加紅。

一旁的田石櫃看見這一幕，頗感詫異，不由得開始浮想連翩。

他家老大這是怎麼回事，總盯著一個姑娘看，該不會是看上人家了吧？不過老大這年紀，是該有個女人在旁暖暖身了。

李承元完全不知道田石櫃已經為他遐想了好長一段人生路了。

他再次抬眼時，卻瞄到了那位姑娘鬆垮的衣領下那一道傷痕，讓人膽顫心驚；一個長得如此清秀端正的姑娘卻有著這麼一道傷痕，老天爺太不夠意思。

見她那漠然的眼神，該是不記得他這位救命恩人了。

李承元輕咳一聲，只管往街口走去，田石櫃在後面追著。「老大，等等我，這路真的不好走啊！」離開時還不忘跟陶如意揮揮手。

畢竟這賣豆花的姑娘瞧著很入他家老大的眼，等到空閒時，他定要好好跟老大探探口風。

這邊，陶如意開始收拾攤位準備回去。

蘇清走了過來，幫她收拾碗勺，還送了一本書冊給她。

陶如意見了眼前這本書冊，不由得笑了笑說：「先生，你看我這樣子會認識這些字畫嗎？」

「姑娘，妳定是認識字畫的，我覺得這冊子很適合妳。」蘇清輕聲回道：「以後不要叫我先生了，叫我的名字就行。在下蘇清，感謝姑娘剛才那一碗豆花。」姿態甚是有禮。

「蘇大哥，你也叫我如意吧。」禮尚往來，本是應該。

陶如意接過蘇清手裡的書冊，見到封面上寫著「蘇家食譜」四個大字。

她不明白蘇清怎麼會送《蘇家食譜》給她？他不會覺得她一個賣豆花的就會做菜吧？

她把今天賺來的銀子仔細收好，跟蘇清話別後，就挑起擔子回白家村。

從安隆街到白家村有一段距離，山路加上這下雪天不容易走。

如今陶如意住的白家村，也是丫鬟柳絮的家鄉。

柳絮的家人沒有看不起她如此落魄的遭遇，甚至有什麼好的都會先給她，一直把她當主子尊重著。

陶如意也因為有了柳絮一家人的照顧才能活下來，讓她有了一處安生之地。

第二章

天色漸漸黑了，雪越下越大，不見要停的樣子。

在白家村生活了三年，陶如意對白家村已是熟門熟路。她能出來擺攤賣豆花，也是因為這是柳絮家的手藝，且深得眾人的喜愛；她跟著學了一段時間，也只是學到點毛皮罷了。

當年自己琴棋書畫皆擅長，在京城的世家貴女裡可是數一數二的。知書達禮、端莊賢淑……陶家還沒有落魄時，這些稱讚總圍繞著她。

陶如意低眉自嘲一笑。

世道本就如此，何須過多感嘆？

挑著兩個空木桶走了半個時辰就到了白家村的村口，遠遠就看到柳絮站在那兒等著她。

「小姐，您可算回來了！」柳絮接過她肩上的擔子說道：「這天越來越冷，雪越下越大，可把我擔心死了。」柳絮本想著拿件厚外套去安隆街找自家小姐的。

「柳絮，說了妳多少回了，還稱呼我小姐，別人聽了不妥。」

「您就是我家小姐，怎就不妥？」柳絮笑嘻嘻說。

「妳啊，以後還是稱我姊姊吧，如今這世間早就沒有陶家大小姐了。」陶如意說。

「小姐，不管怎麼樣，您永遠是我心中的大小姐。」柳絮想起了什麼，又道：「對了，晌午前收到小落子的來信了，該是有好消息告訴小姐了。」

陶如意聽到這個消息，十分高興。「真的嗎？小落子好長一段時間沒來信，我都害怕極了。」

「姊姊，我們快回家去，我娘煮了一大碗薑湯要給小姐暖暖身呢。信我一直收著，等您回來看。」

「叫我姊姊就對了，柳絮妹妹。」陶如意因有好消息，心裡的一塊石頭落了地，臉上有了喜色。

「好好好，我的姊姊。」柳絮笑著說。

「今天生意不錯，兩桶豆花都賣光了。」

「姊姊，您真厲害，初到安隆街就能把攤兒做開。」

「以後我們會有更好的日子過的。」

「本不該姊姊去拋頭露面賣豆花的，要不以後還是我去吧？」柳絮說。

「妳在家把豆花做好就行，而且我怎麼就不該拋頭露面啊？有銀子賺還在乎什麼呢？等這天不下雪了，我們一起去安隆街逛逛，給妳娘和寧哥兒買紫薯餅吃。」

寧哥兒是柳絮的弟弟白秋寧，今年才六歲多，他可喜歡她這位陶姊姊了。

「姊姊，有了點銀子就想著我娘和寧哥兒，也不為自己想想買件好些的披風，這大冷天的——」

「好了，不說這些了，我們回家去。」陶如意雙手搓著，外面是挺冷的。

回到白家的土瓦房，喝了柳絮她娘煮的薑湯，感覺身子終於暖和了些。

柳絮她爹已經去世，方才家裡就只有柳絮她娘和柳絮的弟弟。

這三年來，陶如意就跟他們一起住在這兩間土瓦房裡，雖然瞧著清苦，但是陶如意能感受到親情的溫馨，彌補了當年生離死別的悲痛。

柳絮她娘徐娘給陶如意趕做了一床棉被，就放在她住的屋裡。

「徐娘，我已經有兩床被子，夠暖和了，這一套給寧哥兒吧。」

「姑娘，妳用就好，我會再做一套給寧哥兒他們的。」

徐娘從來是有什麼好的先給她，因為她一直念著當年陶家對柳絮的好，那時柳絮的爹死了沒有錢安葬，陶如意知道了，立時讓小廝快馬加鞭趕過來送銀子，把一切都幫著辦得妥妥當當。

柳絮把小落子寄來的信件拿給陶如意。

陶如意挑了挑放在木案上的油燈，一下子整間屋子亮堂許多。

信裡的一行一字都讓陶如意激動的心安定了下來。

還好，她的爹娘在牢裡暫時沒有受到欺負，身子沒有大礙，小落子去探望了幾回，偷偷把她的情況告訴了她的爹娘，讓爹娘不須有所牽掛。

最無奈的是陶家冤情至今無處可伸，而她這模樣又無法面對世人，只能躲藏在白家村裡過日子。連這書信來往還得佯裝是小落子和白柳絮念著往日的共事之情告知情況。

小落子以前是陶家一個稱職的小廝，辦事靈活，對陶家一直忠心耿耿，跟柳絮一樣從不忘情。

其實說起來，幾年前有一、兩位曾在她爹爹門下的將官，向朝堂遞摺子為陶家說話，誰知卻得了罷官的後果，後來就沒人敢去為陶家說幾句好話了。

如今是奸臣當道，誰敢去當槍頭鳥啊？

陶如意能理解，人不為己，天誅地滅。

她只怨當年陶家太過信任他人，成了人家爭奪權勢的絆腳石。

慶幸的是沒有趕盡殺絕，她的爹娘還能留著老命活於世上，說起來都要謝天謝地。

她的父親陶文清一生對朝廷護國有力，一心只為朝廷，無心去拉幫結派，也因為這樣，皇帝聽信讒言，罷了他的官成了階下囚。而陶如意的祖母因年事已高，熬不過去就去世了。

而她，則被那位未婚夫狠心的推下深淵……

這所有的一切令陶如意悲痛不已，尤其是想起那個顧上元的嘴臉，更是恨之入骨。

她發誓終有一日，要堂堂正正的為陶家討個公道。

「姊姊，這也太多銀子了吧？」柳絮急沖沖的進了屋，喊道。

陶如意聽見聲響回過神來，看著柳絮手裡沈甸甸的好幾塊碎銀和一個紫袋子。

「柳絮，這是怎麼回事？」平白無故多了這些銀子，陶如意不是驚喜，反而是擔憂。

「姊姊，這是在妳給的袋子裡拿的，可今日那兩桶豆花，不可能賣這麼多錢啊。」

「不可能的，我回來時有數過一遍，也就五十多文錢而已。」

「姊姊，這可怎麼辦？這麼多銀子……」

她剛才數了數，有二十多兩呢！這簡直是一個燙手山芋，拿也不是，丟也不是。

這會兒聽自家小姐不知哪來這麼多銀子，她再仔細翻看袋子，裡頭竟然還有一張銀票。

柳絮更是驚訝，哆哆嗦嗦的把銀票遞到陶如意面前。「姊姊，這……」

陶如意見狀，接過銀票一看，足足一百兩，上頭還有隆昌銀號的標記。這銀號名稱，讓陶如意不由得記起了什麼。

「我想想這是怎麼一回事……」竟然讓她們攤上這樣的好事？

陶如意回憶了下今日在安隆街所發生的一切，其實都跟往常一樣做著買賣，而且下著雪，行人沒多少，也沒有什麼出格的事情發生，只有第一次遇到了那位給人寫字的蘇清，送他一碗豆花，他也回送她一本書冊。

該不會是在他幫忙收拾的時候放下去的？不可能吧，他那麼單薄的一個人，連半文錢的豆花都沒能付，怎麼會一下子偷偷塞了這麼多銀子呢？

絞盡腦汁的左思右想，依舊沒記起有什麼異樣發生。

等等，那兩位說過要來白家村看看的男子，其中一位還是被稱為老大的……可人家沒有靠近攤位啊？不可能的，陶如意很是篤定。

「柳絮，妳是在我平常帶的那個袋子裡拿出來的嗎？」陶如意再問了一遍。

柳絮拿起袋子，在陶如意面前晃了晃。「姊姊，就是這個袋子啊。」

柳絮再次仔細左翻右翻，袋子顏色一樣，可其他的還真的有些不同。那個給小姐當錢袋子的袋子是柳絮親手縫的，料子沒有手裡這個好。

「姊姊，這個袋子不是我們的。」

難道是老天爺看小姐可憐，大發慈悲了？

那張銀票和幾十兩銀子以及那個紫色袋子一併放在陶如意面前，她一時半會兒想不清到底是誰給的。

她讓柳絮先回屋休息，她明早還要早起備料、熬料，跟徐娘做磨豆腐。想要吸引顧客，她們可是想盡一切辦法。那些黃豆都是自家種的，一大片就在土瓦房後面，寧哥兒常一道去拔草、澆水。

柳絮的娘真的很辛苦，一個寡婦這些年支撐起白家，也就靠著那一碗豆花活下來的，陶如意只不過是在半道上蹭了一把而已。

如今這大冬天的，做什麼事都十分不便，穿著單薄，實在受不了，前些天寧哥兒因穿得少被凍得瑟瑟發抖，臉色慘白，嘴唇發紫，把徐娘嚇得半死。

陶如意當時不在家，後來是柳絮跟她說這事，她立刻決定拿出當天所有收入給徐娘，讓她給孩子添置衣服。

至於她們，吃多吃少無所謂，一碗粥水就好了。

這三年來，陶如意什麼苦都嘗過，有時還到了揭不開鍋的地步，她學會看別人的臉色，才讓豆花攤有了些起色。

不管怎麼說，能活下來就行，她的爹娘還在牢裡煎熬著，想到這個，她的心痛得無法呼吸。

想到眼前這些銀子，陶如意輾轉反側。

尤其是那張銀票上的銀號，就跟三年前有人偷偷放在她身上的那一張五百兩銀票是同一個銀號，這讓她覺得是同一個好心人在暗地裡默默幫助她。

可自從陶父被朝廷落罪罷官、沒收財產後，已經沒什麼人敢來為陶家伸出援助之手了。

這會兒實在睡不著，她起身披上那件早已褪色的披風，走到窗前，看著外頭一片漆黑。

風兒呼呼吹進來，她緊了緊領口，整個人更是精神了。

她回頭用小木棍挑了挑爐裡燒著的碎炭，一時煙霧嗆人，卻感受不到暖和。沒想到花銀子買的碎炭竟然是次等貨，陶如意覺得明兒個得去找那店家討個理，讓他賠償。

如今的陶大小姐無所謂大家閨秀的臉面了，為了日子好過，什麼都豁出去了。什麼端莊優雅，什麼笑不露齒，全都讓狗吃了去。

她坐了下來，認真回想今天的事。

是誰這麼好心給了她們這麼多銀子？如今這世道，能有口飯吃已經不錯了。奸臣當道，朝廷無能，賦稅加重，邊防常有外敵入侵，家有壯丁都被拉去充軍了，一年不如一年，所以一時看到這麼多銀子，柳絮當時難免會那樣驚訝，不過一切都讓陶如意做主，徐娘也沒有說一句話。

想想當年她差點掉入深淵不得好死，要不是有人救了她，她早已成了孤魂野鬼。後來的日子也因為有了一張五百兩的銀票，讓她和柳絮願意千辛萬苦的來到白家村。她從中拿了一百兩給徐娘，就當作她在白家安身立命的開銷，記得當時徐娘不敢拿，是陶如意求了好久才答應的。

其實，她的箱底還存有二百兩，以備不時之需。

人死過一次，總是思考得比較多。

而到了如今，還不知道是誰救了她。

這三年來，時不時作一個夢，一個男子離去的背影，讓她想留也留不住。

而顧上元那猙獰不堪的面容，也讓她揮之不去，如臨惡境。

真是想不到，當年他們可算是情投意合，都到了談婚論嫁的時候了，可到了關鍵時刻，人心竟能變得如此惡毒，狠狠地把她這個未婚妻推下深淵。

在這之前，他還甜言蜜語說，誓死不從顧家大人退婚之意，要想辦法救她於水火之中。

如今想想，真是可笑至極，枉費她一片真心付與狼狗當吃食了。

只怪當時自己多麼的愚昧無知，陶家只有她一人逃出官家追捕之手，而能逃命還是顧上元給的機會，最後把她騙到崗頭山一個山洞裡，讓她躲避官兵的追捕。

不到半天時間，他就起了殺人滅口之心，推她下山時還把真相告訴了她，說是讓她死得瞑目。

過兩日顧上元就要娶范輔相的女兒范卿蓉了，而范輔相就是害陶家倒臺的人……

陶如意走到窗前，一動不動，腦海裡又重現三年前那些不堪回首的往事。

越到深夜，天就越冷，冷風呼呼吹著，那道木門及破窗，被冷風吹得掀起響動。

爐中燒的碎炭已經滅了，外頭的雪好像停了。

看著天色，柳絮和徐娘差不多要起來磨黃豆了。

陶如意覺得自己想起的事太多了，頭有些疼。

她躺回床上，把厚被子攏了攏，整個人鬈在裡頭不敢動，就怕不小心一動就讓冷風吹進去。

想想都要冬至了，她多想去看一看她的爹娘。無奈她這等境況，怎麼敢去大興的牢裡見爹娘？可能還沒到大興，就要成了官差的囊中之物了。

陶如意最後閉眼歇息時，心想著就把那些銀子先放著吧，等去安隆街做買賣時看看有沒有什麼意外答案，讓她得以知曉來龍去脈。

也只能先這樣了。

兩桶熱呼呼的豆花，柳絮和徐娘三更半夜就起來做好了。

這天冷，東西容易冷，陶如意那時在陶家看過很多書，土木工農，連一些兵書都看過幾回，知道了一些應變之法。

她在桶底下做了一格能放保溫的碎炭，這樣豆花就不會那麼快冷掉了。

陶如意是個聰明的姑娘，所以陶家上下都十分疼愛她這個獨生嫡女。

陶父只娶了陶如意的娘親，什麼妾室都沒有。

本來陶家和睦融洽，祖母也是一位開明的誥命夫人，無奈到最後卻是那樣的下場，臨死前還拉著陶如意說要好好保住性命，能走多遠就走多遠……

陶如意不願再去想這些傷悲的事情，她拿了十兩銀子挨到柳絮身邊，輕聲道：「柳絮，等等妳跟我一道去安隆街給寧哥兒和妳娘買件厚棉襖吧。」

第三章

陶如意帶上了昨日蘇清送給她的《蘇家食譜》，想著在空閒時翻翻看這裡頭有什麼好借鑒的，或許可以多做幾樣簡單的點心拿去賣。

昨日下了一整天的雪，今日倒好，停了。

柳絮收拾好活兒，直接幫陶如意挑著兩個木桶，一起去安隆街。寧哥兒看到了，吵著要跟她們一起去，說自己能幫忙吆喝，他的嗓子比起兩個大姊姊還要大聲。

徐娘不讓，說等過些日子天好些了再去，讓他在家裡幫忙挑豆子。

陶如意笑著說：「天兒冷，寧哥兒就在家裡陪著你娘，晚一點姊姊回來給你帶好吃的。」

寧哥兒聽到這話，高興得直嚷。「真的嗎？真的嗎？」

陶如意點點頭，說話算數。

柳絮在旁說了一句。「貪吃鬼。」

幾人都笑開了。

徐娘最後還是讓陶如意別亂花錢，她給寧哥兒煎個豆餅過過嘴癮就好了。

徐娘知道，賺的銀子要存起來給京城那邊寄一些過去的，畢竟陶家老爺、夫人在牢裡，總要有人去打理，要不然早就熬不住了。

雖然賣豆花賺得不多，就當能賺多少就算多少，金山銀山還不是一點一滴積累起來的？

陶如意知道徐娘的心意，她一直很慶幸能遇到柳絮這一家人。

白家村位於比較偏遠的地方，到梅隴縣得翻過一座小山。

「柳絮，我來挑這擔子吧。」陶如意看柳絮有點吃力，覺得她早早就起來幹活兒，這會兒本該去休息一下的。

剛才叫柳絮跟著一塊兒去街上卻沒考慮到這點，陶如意覺得自己太欠慮。

「沒事，小姐。」柳絮改不了口。「小姐，妳昨晚是不是沒睡好啊？瞧妳眼底都黑了，回去我給妳拿熱毛巾敷一敷。」

小姐以前多麼金貴，一點閃失都不得，老爺、夫人還有老祖宗都把小姐疼得如獲至寶般，如今卻是這副模樣，柳絮十分心疼。

「還不是因為那些銀子，讓我不知所措。」陶如意壓低了聲音說道。

這山路沒什麼人，但還是要注意些。

聽說這附近曾發生過偷盜之事，陶如意為了掩人耳目，兩人戴上灰色的氈帽，穿著破舊的厚外套，臉上用炭灰抹了幾道，如果再有不軌之人看上了，那就真的是眼瞎。

打扮得像個落魄之人，不過事實上她們本就落魄，根本無須多加佯裝。

「到底哪個好心人這麼幫小姐啊？莫非是老天爺看不過去，來幫小姐妳的？」柳絮笑盈盈說。

陶如意心想，老天爺真的要幫她的話，三年前就該拉她一把，陶家也不至於家破人亡。

兩人走著走著，就快到梅隴牌坊，再走過去兩里路就到了安隆街，那兒是梅隴縣最熱鬧的地方。

今天雪停了，路人也就多了些。

「今天應該能快些賣出去。」陶如意說道：「柳絮，妳到了就去上街的安家布店買幾塊厚些的布料，再去中街的念家包子鋪買點零嘴給寧哥兒，還有給徐娘買幾個紫薯餅或豆沙餅，她最喜歡這個了。」

雖然小姐一口氣交代了這麼多，柳絮不用想也知道為什麼，每次多了點錢，小姐想的就是給她娘和寧哥兒買點什麼。

「小姐，妳就慣著他們吧。」柳絮有些嗔怪道。

「妳也給自己買一點。」陶如意笑咪咪，一邊說著，一邊要接過柳絮肩上的擔子。

她想要繼續在張家米店的對面擺攤。

柳絮並沒有把擔子放下，直接挑到一棵大樹邊。

「好了，柳絮，去吧，挑到自己喜歡的就買，不夠再來跟我拿。妳放心，我帶夠了錢來的。」陶如意拍了拍自己的錢袋子，笑呵呵說。

這該是人逢喜事精神爽，雖然那些銀子不知是誰給的，說到底就不是自己的東西，但她就是覺得底氣足了。

什麼清高，什麼不受嗟來食，在她這個境況下什麼都不當回事，當年那些高尚品德早已在這三年裡磨得精光了。

人往往在現實面前就得去面對。

但她還是想知道，到底是誰拉了他們一把？

天上掉下餡餅是不可能的事。

「小姐，我跟著妳一道做買賣吧，那些東西不急著買，等一下妳去挑好了，我才不給寧哥兒買零嘴。」柳絮就是不走，跟著小姐學學吆喝也不錯。

到了最後，柳絮還是留下來跟陶如意一塊兒擺攤。

沒一會兒，就賣出去三、四碗。

陶如意敲起了板，唱著曲兒，柳絮在一旁聽都覺得是一種享受。

風兒起，一縷髮絲散了開來，陶如意輕輕把垂到臉頰的碎髮撩到耳後，又繼續她那一曲曲清調兒。

蘇清早就來了，把掛布敞開，掛了起來。

剛才給一個婦女寫了一封信，是寄給她家丈夫的，因為已經被拉去當兵大半年，一點音信都沒有，這婦女心裡慌著，怕有什麼閃失。

蘇清覺得結果怕是杳無音信，但人家花了銀子求個安慰，他依舊洋洋灑灑的把親人的思念融入在那一張白紙上。

婦女拿著信件走了，看著她的背影，蘇清不由得嘆了口氣。

一般被拉去充兵役的，只有一去不復返的結果。

邊境戰亂不斷，朝廷一點頭緒都沒有，只靠著那幾個手無縛雞之力的文官，怎麼能阻擋得了？

幾年前有鎮國大將軍駐守，無奈卻是被罷了官、入了牢獄，這有多讓人寒心啊。

蘇清對外頭那些事，心裡清楚得很。雖然如今被晾在這梅隴縣暫且留著命，但他一點都無所謂，如有召喚，定會衝鋒上陣，絕不回頭。

不過還是對當今朝廷不敢苟同。

蘇清再次嘆了口氣。

他覺得自己這些日子嘆氣的次數多了許多，也許是身無分文，感嘆世態炎涼吧？

陶姑娘的豆花攤子開了。

這姑娘心善，一看臉容就知道不是簡單的鄉下之女。

人各有祕密，他人無法探究。

蘇清身為一個文人，當然不會走上前去打探原由。

今天自己有開單了，就去吃一碗豆花填填肚子吧！

趁著空閒，陶如意翻了翻蘇清送給她的那一本《蘇家食譜》，裡頭倒是說得詳細，對一個做吃食的師傅而言，這本書定是珍貴之物，連她一個光有嘴皮說話不動手倒騰的都覺得受益不淺。

陶如意津津有味的翻看著，這時有人走上前。

「如意姑娘，這書冊可算合妳意？」

蘇清見陶如意看得入神，站了一會兒才開口說話。

柳絮本想上前接待，但聽著這人跟自家小姐打招呼，就轉而去收拾碗勺了。

今日她們順便拿了一塊木板來，兩邊用磚頭搭起來當成方桌，這樣過來吃豆花的客人就有地方坐下歇一歇了。

陶如意起身笑著說：「蘇大哥，這書冊甚好，該是蘇大哥家的珍物，如今到我手裡，豈不浪費？」

「如意姑娘喜歡就好，我一介書生怎麼去按書裡說的那般做呢？只要如意姑娘以後有做好吃的來賣，給蘇某算便宜點就行。」蘇清輕聲笑著說。

「讓蘇大哥見笑了，我做不了那麼好的味道的。」陶如意抿抿嘴，低下了頭。

蘇清見狀不再說什麼，才認識兩天，還沒到推心置腹的時候。

蘇清要了一碗豆花，陶如意多舀了幾勺。

柳絮在旁看得一清二楚，想著小姐有好事將近，瞇起眼左看看右看看。

等蘇清離開後，柳絮笑嘻嘻的跟陶如意說：「姊姊，那位先生長得可俊。」

陶如意瞪了柳絮一眼。「怎可如此說話，讓人聽了多難堪啊。」

柳絮識趣的點點頭。「知道了，姊姊。」

大半天過去，賣了一桶，另一桶也所剩無幾。

生意做得好，兩人都笑呵呵的。

這時，有兩人來到陶如意的攤位，嘴上說著話。

「你不知道啊？昨晚嚇得我沒了魂呢！」一個留著八字鬍的中年男子先開口說道。

「這是怎麼了？」另一個較年輕些的回問道。

「前頭那個迎松客棧昨兒半夜發生打鬥，我剛好打更經過，差點被打一棒，還好有人幫了我，我才得以躲開。」

「那是你命大，如今這世道真是能過一日算一日啊。」較年輕的男子感嘆著。

留著八字鬍的男人對陶如意說：「姑娘，來兩碗。」

陶如意示意他們去木桌前坐下，然後給他們端了兩碗熱呼呼的豆花來。

「可不是？今早我讓我娘子去寺廟拜了拜，討了張符傍身，給自己壓壓驚。」

較年輕的男子壓低聲音說：「聽說迎松客棧裡藏了匈奴國的細作，而且那間客棧是他們開的。」

八字鬍的中年男子十分驚訝。「這樣啊？那豈不是要……」他不敢說下去，朝廷的事容不得他們在背後胡亂猜測。

陶如意一邊收拾，一邊聽著兩人一來一往的言語。

昨晚安隆街發生事情了嗎？

迎松客棧？不就是在前面轉彎處的地方？細作？

柳絮見自家小姐的神情，以為有什麼事。「姊姊，怎麼了？」

陶如意回神，拍了拍柳絮的肩膀。「沒事，等那兩位客官吃完我們就可以收攤了，之後去念家鋪買點紫薯餅什麼的給寧哥兒帶回去。」

口袋裡有銀子了，就得給自己人解解饞，買件厚衣裳。

把東西寄放在蘇清的攤位邊，陶如意和柳絮兩人就去拐彎處的行街逛逛。

經過迎松客棧，大門關閉著。

看來這迎松客棧也不是那麼簡單，竟然敢讓匈奴國的細作藏於此地，這不是暗通外敵了嗎？

陶如意這人就是記性好，父親給她講過什麼她都記得，雖然國事對她一個女子而言沒什麼可說，但是陶文清沒有這樣的偏見。

以前陶家還沒敗落時，陶如意學什麼都快，因為祖母和母親都是大家閨秀，知書達禮，比別家的夫人都要更勝一籌，陶如意跟著她們學了好多知識。

父親陶文清文武雙全，一有空閒總喜歡跟陶如意講講傳奇，聊聊大津發生的事件。

無奈她的父親什麼都好，就是太過耿直，所以才會入了人家下的套，讓陶家遭了變故。

說起來，當朝范輔相真夠狠心，只因父親沒有按著他的勸告行事就對陶家下毒手，連范輔相的女兒范卿蓉也對曾以姊妹相稱的陶如意狠下心，奪人所愛。

如今顧上元都成了范家的乘龍快婿了。

當日被顧上元推下深淵差點沒命，後來小落子打探得來的消息，讓陶如意明白了一切。

這所有的種種，早就計劃好了。

陶家上下真的太過於相信別人，才會成了如今這樣。

顧上元當年煞費苦心，把她騙到崗頭山去，那兒是她噩夢的開始。

她不由得摸了摸自己臉頰邊的那一道疤痕，心緒浮躁。

以前曾聽父親說過，崗頭山是險要之地，是大津與他國的要塞，如果防備不妥，定會招來橫禍；朝廷動用了大批將士安紮於此，不容有一絲鬆懈。

而匈奴國離這崗頭山不遠，他們可是蠢蠢欲動。

陶如意現在只想著，有朝一日陶家得以伸冤，一家子團聚就該謝天謝地。

三、四年的光陰，思念折磨著她，她都不能去看望父親和母親。

雖然小落子去看過幾回，但是身為女兒的自己卻無法在身旁盡孝，甚是心傷。

到了念家包子店，柳絮隨便挑了幾塊餅就拉著陶如意走了。

「柳絮，多買些，寧哥兒可是等著我的。」陶如意不再去多想那些傷痛的往事，推了推柳絮，自個兒拿了張紙包了好幾塊糕點。

「姊姊，夠了、夠了。」

柳絮急忙阻止。小姐敢下重本買這麼多東西，等一下結帳就真的是把今天做的買賣都花完了，那就真是白忙活了。

「我是買給寧哥兒還有徐娘的，妳就不要管我了。」答應了寧哥兒好些天要買點吃食給他的，這小子很聽話，做豆花也幫了不少忙，看著年紀小，力氣倒也可行，挑豆子很快。

「姊姊，妳就慣著他吧。」柳絮見阻止不了小姐，嘟著嘴看向別處。

「柳絮，妳自己也看看想吃點什麼，難得出來一次，別錯失機會啊。」陶如意拉了拉柳絮的胳膊，笑呵呵說道。

第四章

念家包子店賣得齊全，包子、脆酥、甜糕都有。

伙計瞧兩人挑得多，急忙走上前招呼著。

陶如意最後不管柳絮的阻攔，一口氣挑了好幾樣東西，直接拿著去付錢。

店家掌櫃笑呵呵說：「姑娘，妳倒也識貨，這幾樣可是我們店的招牌。」

陶如意只是笑笑。

怎麼說她也曾是大戶人家來的，怎麼可能不懂得那些糕點如何呢？

柳絮見小姐今日是定要花錢的，也就不再多勸。

兩人提著買好的東西出了念家包子鋪，就要往安家布店去挑幾塊厚棉布，給徐娘、寧哥兒做衣裳。

柳絮心靈手巧，做的東西厚實又好看。

安家鋪面離念家包子店不遠，轉一個彎就到了。

今天沒下雪，裡頭也有一、兩個客人在挑選著。

說起來在這安隆街做買賣算是梅隴縣最紅火的，要不是這天兒冷和不安寧，這裡可算熙熙攘攘，吆喝聲、討價聲，此起彼伏不為過。

「柳絮，這個還真的需要妳挑選了，我可不知道哪樣好。」陶如意微笑說道。

柳絮在這裡倒不阻攔，很是認真的看料子。她也想給小姐做件厚披風，她那件披風早已不像樣了。

「姊姊，這料子行。」品質不錯，顏色好看且價格實惠。

陶如意沒多注意，柳絮說好就買了，又再挑了兩塊結帳，這次採購收穫滿滿，但也花了不少錢。

陶如意和柳絮在傍晚時分才回到家，徐娘等得好辛苦，怕有什麼事發生，如今外頭不是很安寧，連在白家村住這麼久沒怎麼出門的她，也聽說過縣上一些亂七八糟的事。

看著大家圍著品嚐買來的東西，陶如意心裡暖滋滋的。

好久沒有這樣子了，真是多虧了那位好心人。

「如意小姐，以後就不要這麼花錢了，賺幾個錢不容易啊。」徐娘心疼的對陶如意說。

「徐娘，這花不了多少，妳看看寧哥兒多開心啊！」她也不是常這樣做。

「小孩子的，妳不用管他，銀子留著給老爺、夫人那邊用吧。」徐娘低聲說道。

「我知道的，徐娘，妳也試試這個，念家包子鋪的東西挺貨真價實的。」

徐娘沒再多說，如意小姐明白怎麼打算的，這幾年在這裡也很快融入這鄉下生活，從不抱怨一句。

飯後，陶如意去收拾碗筷，柳絮一百個不同意，怎麼可以讓小姐做這樣的活兒？三年來這樣的情景重複好幾遍，都讓陶如意瞪眼過去。

現在她們都是一家人了，還分什麼彼此呢？

雖然生活有點艱苦，但是她們能苦中作樂，時常鬧得寧哥兒笑得多開心，第二天幹活就更起勁，陶如意總講一些奇異的話本給他聽，有時還給大家唱曲兒，其樂融融。甚至有時會引來鄰居的小孩子，圍著嚷嚷陶如意也說給他們聽聽。

陶如意洗好碗筷鍋瓢，柳絮也打理好豬圈了。幾天沒去管，總有一股臭味襲來，讓人聞著難受。

徐娘和寧哥兒挑豆子，今日趁陶如意和柳絮去縣城，他們母子倆上了趟山，摘了一些野菜和野果子，下鍋炒一炒都是美味佳餚。

陶如意今天趁空翻看了蘇清送的那一本《蘇家食譜》，裡面還真的有幾道簡單的可以做，試一試再拿去賣，這樣她們就可以多點收入。

柳絮進屋挑了挑油燈。「姊姊，妳這樣看書小心傷眼睛。」

以前在陶府，柳絮一直跟在陶如意身邊，很清楚她家小姐最喜歡看一些書本，有時候還忘了白日黑夜的，到了第二日雙眼都黑腫了。

「姊姊，用這個敷一敷吧。」柳絮遞給陶如意一條熱毛巾。

「柳絮，妳真好。」陶如意隨手拿過來，直接放在眼底下按著。

「姊姊，妳輕點。」

陶如意只是笑呵呵幾聲，繼續看她的書。

柳絮沒辦法，嘆了口氣就出去了。

陶如意覺得如今自己不用像以前在陶府那樣矜持莊重，現在最重要的是賺錢，努力把父親、母親救出來才是。

等過完年初春，後院那塊地要種些其他的，豆花照常賣，再兼顧一些豆餅、油條吧。

陶如意心裡做了打算，又想寧哥兒也大些了，是不是該讓他去私塾學一學？不過如果她跟徐娘說這個的話，徐娘一定不會答應去花這個錢的。

她覺得這孩子聰明，什麼都一點就通，好好學的話，往後可是一個能人。

其實自己是可以教教他，可她每天都得出去做買賣。不然每晚騰出半個時辰來也行，平時常給他講故事，無形中也是讓孩子學習。

陶如意決定這麼做後，就放下書本往外走去。

「寧哥兒，來，如意姊姊跟你說件事。」

白秋寧一聽，立刻過來找陶如意，徐娘以為有什麼事情，也跟著過來。

陶如意把打算跟他們說了一下，白秋寧高興得手舞足蹈。「我可以學寫字了，我可以學寫字了！」

徐娘有點擔心如意忙不過來。「如意小姐，妳還是不要管寧哥兒了，他學不來的。」

「娘，您怎麼就知道我學不來呢？那個王小胖都學會了，我一定可以比他好的。」白秋寧聽了徐娘那樣說他，不服氣的回應。

王小胖是村口王家的孩子，家裡有點錢，把孩子養得胖胖的，可腦筋不是很好。

徐娘聽了一怔，沈默片刻。

她也希望自己的孩子能多學點，往後找活兒，認幾個字也容易些。

「可是你如意姊姊辛苦，她需要時間休息，你再這麼做，豈不是讓你如意姊姊更累了？」徐娘說。

「徐娘，我沒事，家裡的活兒還不都是妳和柳絮做的，我只是打打雜而已。徐娘，妳放心，我會好好教寧哥兒，等年紀夠入私塾了就讓他去。」陶如意把心裡的打算告訴徐娘。

「這怎麼可以？入私塾需要好多銀子，我們……」家裡的情況大家都心知肚明，不用再說下去。

柳絮在外面打掃完進屋，聽了一下，她也覺得讓寧哥兒學點字是好的。至於入私塾，先暫時不去想。再說，那些私塾的教學都不知道比起自家小姐是如何呢。

一眨眼年過了，春天來了，萬物復甦，青青綠綠的看著很喜人。

只是邊境戰事不斷，給百姓蒙上了擔驚受怕的陰影。

這個年陶如意跟柳絮一家人過得比往常要豐富些，她去安隆街時還帶了一些吃的送給蘇清。

經過一段時間的噓寒問暖，同蘇清都混熟了，有了一些共同話題，兩人倒也沒了剛開始的疏離感。

寫信的人多了，蘇清的生意就好了許多，一有空就寫寫札記，跟陶如意一起分享。

柳絮看著小姐跟蘇先生這麼親近，心裡很是高興，如果兩人能成，也算是一件值得大喜的事情。

說起來還真多虧了蘇先生送給小姐的那本書冊，她們變了花樣做了幾種簡易好吃的豆餅，在安隆街賣短短幾十天就把招牌打響了。

錢袋子比往常要鼓了些。

小姐也是厲害，學什麼都快，現在下廚都隨手拈來，而且力氣也大了，什麼重活都能做，挑著擔子輕鬆自如。

其實，柳絮十分心疼自家小姐，她本就是大家閨秀，如今卻成了鄉下粗女，那雙手以前是纖纖玉手，如今卻是起了繭子。

還有那一道疤痕……

所有的一切，都是那個范家害的，那個范家大小姐竟然心如蛇蠍，把小姐折磨成這樣。

柳絮記得范家大小姐的臉面，比自家小姐要略輸一籌，當時跟小姐自稱姊妹，小姐對她也是親近，時常往來，躲在房裡說悄悄話。

小姐比較單純，不知人心隔肚皮，竟把自己的小心思都跟范卿蓉說。柳絮跟在身旁，連她不懂外頭那些，也能看出范大小姐那副嘴臉多麼不簡單。

她提醒過自家小姐，無奈小姐當時都已經跟人家交心了。

陶家遭了殃，還好老爺有先見之明，讓小姐跟她和小落子喬裝打扮逃出來，本想著那個顧公子能幫上忙，誰料他們都是一夥的，結果設計讓小姐掉入深淵……

柳絮一想起這些，很怨自己當年不好好堅持下去，或許小姐能聽進去一點，就不至於這樣——

事已過，挽回不了了。

屋後那一片荒地如今都種滿了果蔬豆菜，比起以前大了一圈，還好柳絮家處在山腳下，周圍沒幾戶人家，不會招來是非。

柳絮家人丁單薄，一家支柱早早就沒了，靠著徐娘那一碗豆花才不至於讓這一家散了，柳絮也因為這個原因，很小就去陶家幹活，也幸運遇到陶如意這位小姐，她過得算是比較好的。

寧哥兒跟著陶如意學了好多字，如今能看懂幾行字了。陶如意教得用心，一直說寧哥兒聰慧，一學就會，徐娘聽了，笑得合不攏嘴，但願以後白家真的能出個人才，提提白家的氣運啊。

日子這麼過著，發現小落子好像幾個月沒來信了，陶如意有點擔心。

但她又不能總去打探消息。

好在柳絮真心為她付出，能想到辦法做的一定不會放過。

可白家村離大興遠，有什麼消息必定要等很久。而她躲在這裡，就是因為離那邊遠，無人知曉。

至於她在外人面前，都是跟柳絮以親人相稱，儘量不引起不必要的麻煩。

自從陶家出了事，陶如意對別人都不敢太過信任，與人相處還是多留點心眼才行。這幾年，把爹娘救出來成了陶如意活下去的動力，而外面那些紛紛擾擾早就讓她寒了心。朝廷竟然變得如此無能，繼續讓范輔相這惡人當道，遲早是不會有好下場的。如今不管怎麼說，能多點銀子傍身才是道理，哪裡有得賺就往哪裡鑽，沒有什麼高尚不高尚的，陶如意早已想得通透了。

天色泛著魚肚白，白家村靜悄悄的。

陶如意跟柳絮她們已經早早起來收拾東西，等會兒就要去安隆街擺攤了。現在多了些花樣去賣，柳絮也跟著一道去幫忙。

徐娘見自家漸漸有了些景氣，說起來都多虧了如意小姐，她用了心思，不放過能賺錢討生活的機會。說句實話，她家現在過得比村裡任何一家都要好一點，沒有什麼糟心事，但是，家裡沒有一個大男人做支柱，多少村裡人都要看扁些。

柳絮到了說親的年紀了，可她不能離開如意小姐身邊，所以徐娘沒有跟女兒說這件事，心想也不急。

寧哥兒知道自己娘親的想法，他私下給她作保證，一定會快快長大成為壯漢，護著娘親和兩位姊姊的。

徐娘聽了心存欣慰，那時候決定留下這個孩子是對的，小小年紀都能為家人著想了。

其實寧哥兒是她丈夫去世後才知道懷了這個孩子，那時悲痛不已，親戚勸她不要這個孩子，生下來只會跟著遭罪，可徐娘想著這是柳絮她爹留給她的一點血脈，不管如何都要好好保留下來。

如今寧哥兒都六歲了，而柳絮她爹都走了七年了。

自從柳絮她爹走後，其他親戚就沒怎麼往來。

陶如意出門看到徐娘坐在那兒發怔，手裡拿著一支褪色的木釵，定是想起柳絮的爹爹。

她知道，這支木釵是柳絮的爹爹親手做的，裡頭飽含了深情。

徐娘見陶如意走出來，把木釵往髮髻上一插，起身說：「如意，都收拾好了，要出門了？」

徐娘本來叫如意為如意小姐，後來讓陶如意勸住了。

既然柳絮都叫她姊姊了，世上就沒有什麼如意小姐，她已經是柳絮家的一分子了。

陶如意點點頭。「徐娘，今日我們可以早些回來，這裡頭都是被人預定的，會賣得快些。」

徐娘笑說：「我們的如意很會做買賣，連村西劉嫂做了十幾年買賣都不如如意妳呢。」

陶如意聽了這話，不由怔了一下，笑著說：「徐娘誇獎的話真好聽。」那位劉嫂，她一、兩年前就見識過，吆喝聲很有底氣，介紹東西跟唱戲似的，很容易引起路人停住腳步看一看。

柳絮也跟了過來。「娘親說得很對，姊姊比劉嫂強多了。」

第五章

陶如意點了點柳絮的額頭。「就妳貧嘴。」

柳絮挽住陶如意的胳膊。「姊姊，我說的是事實。娘親，您說是吧？」

徐娘頷首。「柳絮說得沒錯。」

寧哥兒還在賴床，因為他昨晚執意要把字學會，大家怎麼勸都不聽。

徐娘想進屋去叫他起來，陶如意拉住說：「徐娘，讓寧哥兒多睡會兒，他昨兒個也是累著了。」

徐娘也明白寧哥兒讀書累，且還要幫著自己幹農活，現在他在家裡也算是一份重要勞力。

「如意、柳絮，去縣城多注意點，我聽說這些天鬧了不少事情。」徐娘有點擔憂。

為了做好店家訂的烤餅、糕點，她們已經兩、三天沒去擺攤了。

「徐娘，妳是聽誰說的啊？」陶如意問。

「還不是王小胖的娘親在村裡嘮嗑，全村人都知道了。」徐娘說。

她家在梅隴縣開了店鋪，得來的消息應該是正確的。

陶如意不明白，王家在縣城做生意，怎麼一家大小在白家村住著，不往熱鬧的地方去生活？

王小胖的爹王良平看著是個老實本分的，無奈生了個兒子腦筋不好，在村裡還被一些調皮的孩子取笑，而寧哥兒倒沒跟著他們去笑話他，但也沒走得多近。

記得有一次王小胖被人欺負了，寧哥兒看不慣去幫了王小胖，王良平知道了還上門來道謝，那時陶如意在家，瞧著人家舉止挺實在的。

可王小胖的娘就有點直，總是笑嘻嘻的，有什麼話不說開就不舒服，所以總惹了一身麻煩。

那段時間王良平都不讓他們母子倆出門，都直接帶去店面看著。

各家都有各家的難處。

陶如意道：「不管如何，我們都要小心點。」錢財是小事，就怕小命有什麼閃失。

陶如意和柳絮從家裡出來，挑著東西往南邊的梅隴縣走，一路瞧著許多人家都緊閉大門，連下地種田的都少了些，看來大家對外面局勢不妙都有所防備了。

好好的一個大津變成這樣，竟然連這個小村落都清楚目前的狀況。

陶如意不由得嘆了口氣。

以前一旦發生戰事，她的父親就得披甲掛帥上戰場，刻不容緩。陶家上下都擔心不已，求神拜佛保佑父親凱旋歸來。

可如今他卻成了階下囚，且還是莫須有的罪名。

想想真的是太不公平，她父親一生忠心耿耿為朝廷，那位范輔相卻坐享其成，只耍耍嘴皮子就深得聖上歡心。聽說他的二女兒范卿欣還成了貴妃，很得聖上恩寵。

而大女兒范卿蓉面貌略輸范卿欣，但一心想嫁給顧上元。

這兩姊妹在以前跟陶如意走得近，一直跟她以姊妹相稱，這時想來真的很好笑。知人知面不知心，陶如意依然不明白，就因為范卿蓉喜歡顧上元，所以把她當成眼中釘，還是因為其他的原因？

說到底，陶如意覺得是自己太過相信別人，才會招致禍害。

天邊逐漸被霞光籠罩，田地上的人影漸遠漸近。不管如何，日子總得繼續過，就算要打仗，也得填飽肚子才行啊！

柳絮走在前，陶如意走在後，兩人都走得氣喘吁吁。

還有一大段路要走啊！

這條路已經走了大半年了，雖然熟悉，但還是累。

這幾年他們住在白家村，倒也相安無事，沒有見到什麼陌生的面孔。

前段時間蘇清還跟她說要搬來白家村住，說起來他本是從白家村出去的，那時是為了自己的娘親方便治病，才去梅隴縣附近租了間房。
如今他娘親走了，剩下他一人，還是省點花費回自己的瓦屋住得好。他的本家在白家村的北面，離陶如意這兒有點遠。
陶如意很感謝蘇清送給她的那一本書冊，讓她學到了很多東西。
也正因為看了這書冊，陶如意照做之後，拿到集市去賣，還真的吸引了來來往往的路人，現在連念家包子鋪的掌櫃都過來跟她買了些，還讚不絕口。
兩人挑的東西在晌午後都賣完了，柳絮臉上笑得像花兒開一樣。
安隆街這會兒挺安寧的，只有叫賣聲、嘮嗑聲，來來往往，看不出有什麼不妥。
陶如意從賺來的銀子裡拿了幾十文錢塞給蘇清，蘇清不接。
「如意，妳這是做什麼？」
陶如意道：「蘇大哥，這是你應得的，要不是你送那本書冊給我，我也無法把買賣做得這麼好。」
「這關我何事？主要是你們的手藝好。」蘇清應道。
柳絮在一旁也說：「蘇先生，我家姊姊給的，你就收下吧，要不然她睡不著、吃不下，你瞧瞧，她雙眼眼底都黑青了。」

蘇清抬眸仔細一看，陶如意的確疲倦不堪。

他輕聲道：「我天天吃你們的東西，已經都不知怎麼辦才好，這會兒還給我來這一齣，太過分了吧？如意，我們無須這麼做，妳自己要照顧好自己啊！」

陶如意抿嘴一笑。「蘇大哥，你還跟我見外，這也不多，如果要算清楚的話，那本書冊看來得還你，我萬不可占為己有。」

一來一往說著，柳絮看不下去了，只能拿過那點銀子往蘇清的袖袋子塞。「好了，蘇先生，你跟我姊姊說得不累嗎？你不累我姊姊可累了，她早早就起來幹活了。」

蘇清想想也是，陶如意是知恩圖報，而當時他也是感謝她施捨的那一碗豆花，簡直是雪中送炭。

想了想，他說：「如意，那我就收下了，以後就不要這麼做了。」

陶如意覺得還是得跟蘇清說明白，反正他也要搬去白家村住了，到時他們就會更常往來了。

「蘇大哥，跟你說個事，我覺得以後得分點成給你，畢竟我們所賺的都是你幫忙的。」

蘇清聽了這話，頗感驚訝，這如意竟是如此豁達之人。「這怎麼行呢？」

陶如意一臉笑嘻嘻。「怎麼不可以？以後我們還要仰仗你的傳家菜譜多多賺錢呢。」

「這……」蘇清一時無言。

柳絮收拾著工具，說道：「蘇先生，以後可以到我們家裡吃飯，我弟說要跟你學詩句呢！」

有一次，寧哥兒跟著她們一道來這裡做買賣，便跟蘇清認識了，蘇清教了他一些詩句，寧哥兒很喜歡，一聽蘇先生要搬去白家村住，他十分喜悅，鼓掌稱好。

「這一定的，寧哥兒學東西很快，是個聰慧的孩子。」蘇清笑說。

以後去白家村，必會跟如意一家往來，倒也能相互扶持。

蘇清欲言又止，陶如意看出來了，直接道：「蘇大哥可是有什麼話要說？不用跟我客氣，直說便是。」

蘇清才開口道：「如意、柳絮，要不我們結拜兄妹吧，我身為大哥，定會努力護著兩位妹妹的。」

陶如意和柳絮一聽這話，有些心動。

跟蘇大哥結拜很好啊，畢竟她們家裡沒有一個男人撐腰，時常會招來一些亂七八糟的是非，如果蘇清成了她們的大哥，那處境就不一樣了，多少都有依靠的作用。

陶如意拍手稱好。「好啊，大哥，以後你就是我和柳絮的大哥，等你回村裡了，我讓徐娘做幾道菜，請你過去，結拜的禮必須到位，我和柳絮一定好好給大哥叩三個響頭。」

柳絮也跟著起鬨，點點頭。「我姊姊說得有道理，等會兒回去我就跟我娘說這件喜事，我柳絮也有大哥給我撐腰了。」

蘇清想不到陶如意她們會這麼爽快就答應，畢竟他一個大男人提出這樣的要求，有點讓人無法接受。

陶如意倒沒什麼多餘想法，況且這麼多年過去，她早已看開了。在陶家時，父親、母親不會灌輸她三從四德的思想，她自己也看了許多話本或傳說的，認知上比旁人要多些。

她看得出蘇清是一個有抱負的人，只是現在這處境令他無法施展罷了，如有機會，定會全力以赴的。

陶如意欣賞這樣的人，他願意跟她們多加親近，成為她們的哥哥，這等好事當然是巴不得啊。

蘇清道：「叩三個響頭倒不必，我們給徐娘叩謝倒是應該啊！」

這樣算起來，徐娘就是他們幾人的長輩了，這禮必須走，到時候要請村裡說得上話的族長或長老為他們作證，免得落下什麼是非來。

第六章

三人在白家村族長白耀福的見證下，歡歡喜喜地結拜成兄妹。

上次陶如意和柳絮回家一說這事，徐娘就十分贊成。

蘇清這人怎麼樣，徐娘是了解一些的。

蘇清十分孝順爹娘，讀書也勤奮，還已經考上了秀才，要不是他娘生病需要照顧，舉人他也能考上。

他年紀不大，只比柳絮她們大兩、三歲而已，以後前途似錦。

說起來徐娘的娘家跟蘇清的娘也是沾親帶故的，只不過隔了好幾層才很少來往罷了。

徐娘十分重視這次的結拜，該走的禮節、習俗，一點都沒有忽略，甚至還去抓了一隻養得肥碩的雞。

陶如意則親自下廚要給大家做一桌菜，可把寧哥兒高興得不得了，有小孩來叫他一塊兒去抓魚，他滿臉得意的跟他們炫耀說今日有好事要辦不出門。

家裡多了一位大哥哥保護他，教他寫字，這可是天大的好事啊！

柳絮看著桌上擺的菜和湯，真是想不到自家小姐竟這麼厲害，一進廚房就得心應手的炒菜、熬湯，柳絮倒成了個打下手的。

其實這些食材都不需要花錢，白斬雞是自家養的，青菜是自家種的，那條清蒸魚是寧哥兒在村邊的大水池裡抓的，只有那一盤青椒炒肉的肉是跟村口的劉家檔口買的。

在屋外坐著聊天的徐娘和蘇清，老早就聞到一股香味了。

徐娘笑道：「清啊，你有口福了，如意可是難得一次下廚喔！」

蘇清付之一笑。「看來我真的有口福了，聞著這香味，我都想快點吃飯了。」

柳絮端了一盤菜出來，聽了他們的話，笑道：「娘、大哥，很快就可以吃了，姊姊在炒最後一道菜了。」

蘇清回道：「慢慢來，我是說笑的。」

其實蘇清看得出來柳絮一家對陶如意的敬重，他沒有多問什麼，如果她們想說，自然會跟他說。

如今她們跟他成了一家人，不管如何，他是這個家的一份子，能出力的一定要出力，定要給她們長長臉。

他前兩日就搬來白家村了，米店的張掌櫃聽說他要跟賣豆花的姑娘結拜，也為他高興，竟然送了他一小袋大米。

在他娘親去世後，蘇清曾一度過得頹廢、潦倒，時常寫文疾書抒發心中的不平，但是他周圍的人卻是對他推心置腹，就如張掌櫃，就如陶如意和徐娘，讓他感到無比溫暖。

徐娘起身進裡屋去舀了一罐自釀的果酒，這可是珍藏多年的，今天家裡辦喜事，怎麼也要吃點好的。

寧哥兒去請族長過來一起吃飯。

行完禮節後有跟白耀福說好晚飯在她們家吃，興許是家裡有活兒忙才還沒到。

徐娘覺得蘇清這事做得對，有個長輩來做見證會不一樣，光明磊落、坦坦蕩蕩地把這件好事做成，絕不給世人留下什麼蜚語。

而族長白耀福對村裡有什麼情況是知根知底的，徐娘能得一個兒子是好事，自從徐娘的男人走了之後，這個家就過得不好，沒個大男人幫著支撐，說起來真的是輸人一等。

蘇清雖然不是白姓，但也是白家村的人。白家村也就兩個姓——白姓和蘇姓，這兩姓的人相安無事相處了幾百年，可謂不分彼此，只不過白姓的子孫後代比蘇姓的多了些，這個村才會叫白家村。

白家村算是一個大村，在梅隴縣裡是數一數二的，地廣山多，人口也多，百姓靠的就是白家村這一大片山水，祖祖輩輩的延續下來。

這邊，陶如意在廚房裡做得熱火朝天，好像這幾年來都沒這麼高興過。

自從離開陶家到白家村後就沒什麼喜事發生，有些躲躲藏藏的感覺，雖然跟村裡的其他人沒有那麼常來往，但陶如意出出入入還是能感受到他們的鄙視。

就說今天，禮節完畢，徐娘點了爆竹，讓住在不遠處白河北的婆娘李氏就過來指著徐娘罵，說這麼大聲吵醒她家孫子，能不能別這麼得意。

李氏看不慣徐娘，覺得她長得比自己好看，閨女能去縣城賺錢，就算死了丈夫也過得這麼體面，早就妒忌得很明顯。

而柳絮在陶如意剛來白家村時，也跟她提起過這麼一家子的無理取鬧。

太陽都已經出來繞了幾圈，她的孫子還沒起來嗎？

這根本就是沒事找事！

瞧那個樣子還咄咄逼人，說一些難以入耳的話，徐娘不想跟這般人計較，她家本來就是辦好事的，可不能受她影響。

她看著爆竹響完就要轉身進屋，李氏見她這樣，直接衝過來拉徐娘。「我在跟妳說話沒聽見嗎？妳讓我孫子哭得這麼厲害，是不是該表示一下啊？」

徐娘淡淡回道：「妳轉頭仔細看看，妳家孫子正從那邊走過來。」

這時李氏的孫子連蹦帶跳的從拐彎處走來，還大聲的喊李氏。「奶奶，我抓到一隻蜻蜓了！」

李氏看著這一幕，頓時啞口無言。

徐娘不再去理會她，轉身往屋裡走，順道把門關上。

李氏氣呼呼的抓著她家孫子的耳朵。「你那麼早回來幹啥？回去不給你飯吃了！」

徐娘覺得好笑，這白河北娶的是什麼婆娘？鄰居抬頭不見低頭見的，卻是這麼對待她們家。

人窮志不窮，徐娘一向是這麼教柳絮和寧哥兒的。

就算她沒了丈夫，但這幾年來他們幾人相依為命，日子過得比別家多了些笑聲與和睦。

這個小插曲一點都不影響大家的心情，該做什麼就做什麼。

菜都做好了，六菜一湯，紅紅綠綠的，讓人很有食慾。

陶如意的廚藝如此突飛猛進，說起來都是靠蘇清送的那一本食譜，她從中學了好多拿手菜。

如果有多餘的銀子，她覺得自己可以去開食肆，一定能吸引許多饕客光顧。

起初，蘇清每天一大早就在村口等陶如意和柳絮，然後一道去安隆街擺攤。兩位妹妹的買賣做得不錯，因此擔子越來越重，他就幫忙挑擔子。不過自己的攤子生意不是很好，心裡有點受到打擊。結拜時還說要幫襯妹妹，誰知道最後卻成了這樣，讓他有些難為情。因此蘇清這段時間有點寡言少語。

陶如意知道後給他一個建議，讓他去當教書先生，雖然白家村是鄉下，但是人多地廣，也有幾家是大戶人家，收幾個學生應該沒有問題。蘇清可是考到秀才的，這名頭定能吸引人家來他這裡讀書。

蘇清聽陶如意這麼一說，也覺得這辦法不錯，可是地點選哪裡好呢？他那個家都多久沒去收拾了，破破爛爛的，如果要修葺一新，也需要花點銀子。

徐娘便提議讓蘇清搬到她這兒來，這兒雖然只有兩間瓦房，但周圍還有用土磚圍起來的房子，這是她家男人離世前用一磚一瓦建的，十分堅固，收拾一下就能住人。

兩間房，一間成了灶屋，另一間現在還空著，放了些雜物。

如果蘇清不嫌棄，這倒是個辦法，而且吃住都方便，他也省了不少錢。

蘇清當然不會嫌棄，只是總是麻煩她們，心裡過意不去。

徐娘笑笑說：「你都叫我一聲乾娘了，還這麼生分啊！」

蘇清拿出一兩碎銀遞給徐娘。「乾娘，這個您收下，銀子不多，但以後我發達了，定會孝順乾娘您的。」

徐娘不拿，她現在日子過得好多了，如意小姐和柳絮做的買賣賺了一些，都放在她那兒做家用。

「清，你乾娘有銀子，你自己留著，存起來以後娶媳婦。」

「乾娘，我出入不方便，我就放在您這兒。」

又是一番你推我推的節奏，最後徐娘只好說：「那好，我就幫你保管，你什麼時候要用就跟我拿。」

徐娘想著替他死去的娘親存娶媳婦的聘金，以後要辦的事多著去。

因此蘇清搬過來跟她們一起住，自家的那幾間房則租給劉嫂放雜物。

蘇清招生頗為成功，寧哥兒也跟著幾個學生一起學。

蘇清教得很認真，名聲都傳開了，米店張掌櫃也讓他家孫子到他這兒來學習，因為梅隴縣的私塾收費貴且教得懶散，孩子們都學得不上道。

若陶如意和柳絮做的糕點、豆餅多了些，就會拿去給孩子們嚐嚐鮮，這更是吸引了許多孩子，連白河北李氏的孫子都偷偷跑來，躲在屋後聽課，聞聞香味。

有一次讓陶如意看見了，就拿了一塊紫薯餅給他吃，他原先不敢接，但被那芝麻香誘得流口水，便拿過來大快朵頤。

李氏發現了自己這個貪吃的孫子，直擰著他的耳朵不放，還指桑罵槐說一些難聽的話。

相處久了，陶如意才發現蘇清抓魚蝦很有一手，別看他瘦瘦弱弱的，一下水，手那麼一摸，小蝦子就抓到兩、三隻了。

如今寧哥兒總是跟在他身後去抓魚、抓蝦，拿回來給徐娘清蒸，一家子過上了有魚有蝦的日子。

一到休息時間，他們就上山下河、割豬草、抓小魚，家裡養的兩頭豬差不多可以賣了，又肥又白嫩，定能賣個好價錢。

一晃過去了兩、三個月，陶如意的攤子算是在安隆街做開了，來自四面八方的客商經過這裡，都要跟她們買點吃的帶回去，若實在帶不了，就乾脆坐下來喝碗豆花過過嘴癮。

米店的張掌櫃心腸好，讓陶如意的器具直接放在他家後院，這樣不用搬來搬去，可以省好多力氣。

這陣子晴天白雲、風和日麗，難得這麼好的天氣，陶如意發現往返去縣城的大小路人比往常多了，生意很好。

這樣的情景不像是要打仗的樣子，難道朝廷有能人出來阻止了匈奴國的侵入？如果真是這樣，那就太好了。

最近蘇清忙著教書，沒去擺攤，原先一些熟人要找他寫信找不到人，陶如意就幫忙寫，不收一文錢。

米店的張掌櫃有時去白家村找蘇清，把這事告訴他，對陶如意讚不絕口，說蘇清找了一個好妹妹，甚至有時還為之嘆氣，如果當時娶了當媳婦就好了。

蘇清心裡從沒這麼想過，他只想要有一個兄友弟恭、孝順爹娘的家，如今能如心所願，已是感謝老天爺的眷顧。

他知道陶如意的字寫得好看，對外面的種種都一清二楚，跟她聊局勢，還有一定的見解。

蘇清也跟陶如意說過自己心中的抱負，陶如意很是贊成，感嘆自己不是男兒身，要不然定會上陣殺敵，保家衛國。

一番慷慨激昂的言語後，兩人不由相視而笑。

蘇清莫名有一種猜測——陶如意曾是大戶人家的小姐，況且徐娘與她的子女們對陶如意的態度也很是不一般。

加上有幾次曾聽到柳絮不經意的叫陶如意為小姐。

不過這是別人的事，他管不著，還是先把日子過好了再說其他。

學生上課時，柳絮偶爾也會跟在一旁，也學了幾個字，家裡有兩位才人，別人可是羨慕不已。

徐娘想不到自己的子女能學字談論，寧哥兒也比其他學子學得快，得到蘇清多次讚揚，村裡其他人家知道了，便跟徐娘說寧哥兒將來會是一個大人才。

徐娘一高興，就去柳絮的爹墳前，跟他說說家裡近來發生的事情，讓柳絮的爹不要擔心，她們會把日子過好的。

那時柳絮的爹離開前，最放心不下的就是他們娘三個，怕家裡沒有一個男人支撐會受人欺負，讓她有事就去找族長白耀福幫忙，因為族長這人比較信得過，還能說得上話。

其實徐娘很少去麻煩別人，在白家村很低調，也很少去看熱鬧。如今有了陶如意和蘇清，她家過得紅紅火火的，鄰居都眼紅著呢。

加上後院那些蔬果長勢不錯，收成也好，兩頭豬也可以賣出去了，孩子們的生意也越來越好，一切都如風雨後見到彩虹一樣，美滋滋的。

第七章

這大半年去梅隴縣擺攤做買賣，陶如意才知道這裡頭的學問多了去，而吃喝這兩樣是人的一生必不能少的，辛辛苦苦一輩子還不是為了填飽肚子，不虧待自己。

窮人有窮人的吃法，富人有富人的吃法，只不過是銀子多少的差別罷了。

陶如意這幾年躲在白家村，原先是多麼提心吊膽，在路上行走，一見有人對她多瞧幾眼，她就害怕，還好柳絮在一旁抓緊她的手，讓她不用擔心，跟她說這些人是誰，跟柳絮家同村，是熟悉的人。

那個時候，陶如意覺得自己能活下來是老天憐惜她，而她的爹娘在牢裡受苦，疼她、愛她的陶家長輩們跟她是天隔兩方，她心裡一直備受著煎熬。

柳絮見陶如意蹙著眉頭無精打采的，小心翼翼地問道：「姊姊，是不是累著了？回家妳就去好好睡個覺。」

這幾天她家小姐忙東忙西的，沒有歇一下，很多事情都是她出主意、出本錢、出力氣，而她只是當個副手而已。

「柳絮，我想我祖母了，她在那兒一定是孤零零的。」陶如意的雙眼紅紅的，緊緊忍著不掉下眼淚。

柳絮一聽這話，心裡也不好受。

老夫人十分疼小姐，有什麼好東西第一個想到的是小姐，連陶家那些男兒都沒有小姐得的寵愛多。

「小姐，老夫人在天之靈一定會好好的，因為她最愛的小姐過得好，她就放心。」柳絮哽咽著說。

現在路上沒什麼人，在田地裡幹活的人也準備收拾回家，陶如意跟柳絮手挽著手說悄悄話，才敢這麼直白。

「但願如此。」陶如意抬頭看了看天，藍天白雲，如珠似玉。

「姊姊，回家妳就去躺會兒，不要管寧哥兒他們了，我會跟寧哥兒說找不著妳的。」柳絮輕聲說。

「沒事，我如今力氣大得很，有力氣跟寧哥兒他們玩，可不比妳差喔！」陶如意笑說。

「姊姊當然比我強多了。」柳絮見陶如意不那麼傷心了，也就放下心來。

一時的感觸如風襲來又如風而去，她家小姐總能調適好心情去面對，柳絮很是佩服。

陶如意是大將軍家的嫡女，知道富貴人家的飲食喜好，而柳絮在陶府跟著大小姐，多多少少也是見識過的。

陶如意在那本食譜上學了很多東西，而別人卻看不出裡頭的所以然。

因此念家鋪的掌櫃想跟陶如意商量，看看她能不能給自家店裡增加幾樣糕餅，價錢可以商議。

陶如意想了想，如果念家鋪能分出一塊地方給她做買賣，店面可以收租金，而陶如意這邊能省錢，且有遮風擋雨的地方，兩全其美，何樂而不為？

她把這個主意跟念家鋪的年老闆一說，他馬上就拍板同意了。

這是多好的事情啊！

他原先還擔心陶如意的攤位搶了自家店鋪的生意，已是想盡了辦法，但勾搭流氓地痞的事他是做不出來的，可人家做的烙餅、豆餅很得大家的喜愛，價格又實惠，她們一出攤，不一會兒就賣完了，年老闆曾親自去攤位瞧個仔細，但人還沒到就能聞到香味了。

如今人家說要把攤位移到自家店面去，這當然好了。

念家鋪寬敞，能騰出多的地方給陶如意擺放，年老闆還想讓陶如意在後院的廚房裡做這些要賣的東西，可是他知道行規，可不能惦念著人家的祕方，所以到最後也沒提出來。

在陶如意跟年老闆商討完回家時，柳絮還是把心裡的疑問說了出來。

「姊姊，這樣做行嗎？」雖然以後不會日曬雨淋，但生意就會少了些，畢竟念家鋪賣的東西在這條街上算是最好的。

陶如意笑道：「柳絮，妳不用擔憂，那位年老闆是可信之人。」

跟年老闆接觸，她看出年老闆是真心想要跟自己合作的，且一點也不會逾越行規。如果換成別的無賴，見她們孤寡無助，定是直接搶掠，哪會如此面慈心善？

蘇清教學生賺了些錢，又拿了五兩碎銀放在徐娘那兒，徐娘也沒再推託，就跟上次給的放在一起。

而去年蘇清給去世的娘入葬，向張掌櫃借了錢，終於在這次全部還清，壓在心頭的大石總算落了地。

一大片烏雲壓頂，整座青峰山被壓得喘不過氣來，鬱鬱蔥蔥的綠已變得烏黑。

「柳絮，我們快些走，看這天是要下雨了。」陶如意急匆匆地拉著柳絮走。

兩人在念家鋪整理檯面，陶如意很注重細節，雖然現在只是暫時寄放在念家鋪做買賣，但她也想讓自己賣的東西好好傳揚出去，往後能有自己的招牌。

年老闆很是大方，讓鋪裡的掌櫃全力支持陶如意。

說起來年老闆不只在梅隴縣開店，聽說連京城都有，所以陶如意覺得她這麼做是可行的，藉助年老闆這把力很有作用。

「姊姊，竹筐我來挑吧，妳先走。」柳絮說完就要接過擔子，可陶如意不給。

「這個不重，況且妳不是還揹著東西？別再折騰了，咱們快些走。」

瞧著來勢洶洶的烏雲，這場大雨可是躲不過去了。

兩人跨著大步向前走，路人也一樣疾步走，怕慢一步就要被淋成落湯雞了。

風起，雨點啪啪地下。

她們過了這座青峰山就到白家村，山峰不高但也有一定的距離，所以每天到梅隴縣擺攤，她們天沒亮就要出門。

日復一日，陶如意早已習慣。

以前在陶府，她可是睡到自然醒，誰也沒有去打擾她。

她那時候可是過得有滋有味，讀讀書、寫寫字、描描畫，跟著祖母、母親說說話，如果誰家辦什麼花宴、美食宴，她就跟著母親一起去會一會那些官家子女，所以當時才跟范卿蓉走得近。

誰知道卻是噩夢的開始。

「姊姊，我們去那個涼亭躲一下雨吧！」再這麼淋下去定會得病的。

陶如意回過神來，見路邊有一個破舊的涼亭，在風雨中搖搖欲墜。

現在是農忙時，涼亭中已有幾人在那裡，如果她們倆也過去躲雨，就顯得太擠了些。

這時，涼亭裡有人向她們揮手喊著。「柳絮、如意，快些走過來——」話還沒說完，一個響雷襲了下來。

陶如意和柳絮不管三七二十一急忙走了過去。

一瞧，發現叫她們的是住在村口的王良平，帶著他的兒子王小胖一起在涼亭裡躲雨。

陶如意和柳絮跟他打了招呼。

「王叔，你也正要回村裡啊？」

王良平點點頭。「妳們是從安隆街過來的吧？若知道會下雨，我們就一起叫輛馬車了。」這雨瞧著一時半會兒是停不了。

王良平跟他兒子王小胖倒沒淋濕多少，陶如意和柳絮都濕了大半，戴著那一頂草帽遮不了多少。

王小胖竟然拿出一塊巾帕遞給陶如意。「兩位姊姊，用這個擦擦，要不然會得病的。」

陶如意一聽這話懵住了，這孩子都知道如何照顧別人，怎麼會有人說他腦筋不行呢？

「胖哥兒，謝謝你。」

陶如意接過他手裡那塊巾帕，跟柳絮輪流擦乾淋濕的衣角。

王良平拍了拍王小胖的肩膀，笑笑沒說什麼。

陶如意看得出來王良平很會教孩子，就算腦筋比別人遲鈍，但是待人接物方面卻比別人好多了。

這場雨下了很久，柳絮揹的竹筐裡還有剩下的豆餅，陶如意便拿出來分給在涼亭躲雨的幾個人，除了王良平父子倆，還有一男一女說是東山村的人，就在白家村隔壁，兩村相隔不遠。

眨眼間王小胖就吃了一塊，他還想吃，可是不敢開口要，陶如意看出他饞嘴的小心思，又從油紙包裡拿了一塊給他。

「胖哥兒，姊姊做的餅好吃吧？」

王小胖舔了舔嘴角，接過來吃得歡，直點頭。

「等回村了姊姊再給你其他糕餅嚐嚐，你到時去找寧哥兒就行。」陶如意笑笑。

王良平說：「如意，不用管他。」

「王叔，這沒什麼的，他也可以順道去找寧哥兒一塊兒玩，熱鬧些。」

王小胖一聽這話，抬起頭，怯怯地問：「姊姊，我能去找秋寧一塊兒玩嗎？」

陶如意還沒回答，柳絮就先開口了。「當然可以。」

陶如意也對他頷首。「柳絮說得沒錯，你隨時可以來找秋寧一起玩，還可以跟蘇先生學學字，姊姊就給你芝麻餅、豆餅、春捲這些好吃的。」

王小胖一聽有這麼多好處，也不管雨大得濺進來，歡喜得手舞足蹈。「姊姊，我想去、我想去！」

王良平對陶如意和柳絮說：「妳們不要慣著他，他啊，就知道吃，要不然就不會叫胖哥兒了。」

「王叔，小孩長得壯才好，你也省事些。」柳絮笑著說。

「爹，我胖，但我活兒也幹得不少啊！」王小胖樂呵呵的說。

「是是，你幹的活兒不少，幫了爹爹很多。」王良平說。

一旁，東山村來的那兩人吃完陶如意給的餅，心想還真是好吃，雖然有點冷掉了，但脆香味還在。

其中那個大嬸問：「這位姑娘，這是在哪兒買的啊？」

陶如意笑著回答。「嬸兒，這是我們自己做的，在安隆街擺攤賣。」

另一個大叔說：「這個我知道，是不是在張家米店對面的攤位？」

陶如意說：「這位大哥，你都聽說過啊？就是那裡，以後有機會去看看，不過我們要搬去念家鋪那裡賣了，價格實惠。」

「白家豆花你們嚐過吧？也是我們家做的。」

這一男一女聽到白家豆花，點頭道：「這個我們倒是吃過，香得很。」

王良平在一旁也幫著陶如意她們說話，一直誇讚東西很美味，村裡的小孩們都被她們的香味勾了去。

大家一來一去聊了大半天，雨越來越小了。

東山村的兩人有帶蓑衣，見雨小了，便跟他們打了聲招呼就先離開了。

涼亭到白家村還有幾里路，遠遠望去，青峰山已被雨水洗刷了一遍，更顯翠綠。

「王叔，你在梅隴縣做買賣怎麼樣？」陶如意問了一句。

王良平淡淡一笑。「賺點小錢是可以的，我可聽說如意跟柳絮妳們在安隆街的買賣做開了，才大半年就能這樣，很了不起啊！」

柳絮忙說：「王叔，這都是我姊姊做出來的，我就只是個打下手的。」

陶如意謙虛說：「我們也是混口飯吃，還好大夥兒都喜歡。」

王良平道：「是啊，大家都是為了混口飯吃，這世道能賺點小錢就不錯了，我還聽說蘇清在村裡開了間私塾，教孩子十分用心。」

陶如意點頭笑著說：「蘇大哥教得很用心，所以剛剛我才提議讓胖哥兒去跟著學學，大家都知根知底的。」

「王叔您應該也是清楚的，同個村裡可以放心。」

柳絮在一旁也說：「王叔，我姊姊說得沒錯，可不是自誇的，村裡的孩子們都喜歡蘇大哥，也有學生大老遠從縣城來呢。」

說起來其中也有陶如意常給他們吃好吃的緣故，有得學，有得吃，孩子們當然喜歡了。

王良平愁道：「我就是怕他跟其他孩子們合不來。」自己的孩子比較遲鈍，做爹的哪會不了解呢？

村裡有人笑話王小胖，王良平為了維護自家孩子，都上門去找人算帳過幾回了，也正因為如此，他才不放心把孩子和婆娘放在白家村。

陶如意當然明白他的顧慮，所以也沒再多說什麼。

但王小胖聽了她們的話後，心裡十分希望去找寧哥兒玩，也能去學寫字，他在縣城裡日子過得一點趣味都沒有。

第八章

雨小了些後，要準備回白家村了。

分開的時候，王小胖對陶如意和柳絮兩人依依不捨，一再詢問。「姊姊，我能去找秋寧玩嗎？還能吃到姊姊做的糕點嗎？」

陶如意看他那乖巧的樣子，笑著一再保證。「可以的，明天沒下雨就過來我們家。」

這話一說完，王小胖高興得跟她們揮揮手告別。

跟王小胖下保證的第三天，蘇清就招來了一名學生：王小胖。

王良平讓自己的兒子去蘇清那兒上學，還繳了一年的學費和伙食費，他有一個條件，就是讓兒子在她們這裡寄宿一段時間。

陶如意想不到這位老實人出手竟然這麼闊綽。

真是不能太小看人啊！

同一個村裡來來往往的，王良平當然清楚柳絮家的情況，陶如意雖是幾年前才來白家村，但瞧著是有學識修養的；蘇清怎麼說也是考了個秀才的，無奈處境不好，要不然按他看人的能耐，這人不會只是這樣。

兒子王小胖也喜歡跟白秋寧在一起，他可是曾出手幫了兒子，怎麼說也不會壞到哪裡去。

他知道兒子在縣城的私塾讀書不開心，還經常受委屈，加上他這段時間會很忙，沒那麼多時間照顧自己的孩子，把孩子放在陶如意這邊，他很是放心。

他準備要去上桐城一趟。

那個多事的崗頭山就是在上桐城。

安定的日子才過沒多久，他又要跟老大一塊兒出門了。

蘇清如今是無債一身輕，不再愁眉苦臉，還有多餘的碎銀讓乾娘幫忙存起來，這去哪裡找的好事啊！

說到底，全都多虧了如意妹妹。

下了幾天雨之後，天氣涼爽了許多。

這天傍晚，寧哥兒和胖哥兒一起搬了張木桌放在院子裡，幾人圍過來嘮嘮嗑、嗑嗑瓜子，徐娘和柳絮則在一旁挑著豆子。

前段時間後院種的豆子收成好，蘇清有空閒也幫著去收割。

陶如意給大家泡了桂花茶消消渴，泡茶的水還是在青峰山的一個泉口挑來的，清甜可口。

蘇清看著陶如意這般端莊大方，心裡原有的猜測更加堅定了。

「如意，妳還真會泡茶，這每一道工序可是不簡單啊！」蘇清笑笑說。

陶如意抿嘴一笑，不多說什麼，只是繼續倒茶、沖茶。

「大哥，你是不是也覺得姊姊很講究？不過她啊，平常不是這樣的，說實話也沒那工夫做這等事。」柳絮附和著說。

「所以，柳絮妳也要學學妳姊姊，多學點東西在手，對自己不會虧的。」蘇清抿了一口陶如意遞給他的桂花茶。

一入口，清甜爽口。

「好茶！乾娘，您歇歇手過來試試。」

兩個小孩不喜歡喝茶，吃著陶如意給他們準備的零嘴。王小胖一聽這話，起身走上前，端了一杯泡好的茶遞給徐娘。「徐嬸，喝。」

大家見狀都笑了，讚不絕口。「胖哥兒真懂事。」

「我看蘇大哥家旁的那一棵桂花樹長得茂盛，等有空時去多摘些花，我們來做桂花糕、桂花餅什麼的，味道應該是不錯的。今天大家喝的茶，也是從那棵樹摘來的花瓣泡的。」陶如意自己喝了一小杯，香味撲鼻而來。

寧哥兒和王小胖嚷著說明天去摘花，替姊姊辦事去。

「想不到那棵樹竟有如此大的用處，說起來那棵樹可是種了好多年了，是我爹在的時候種的，以前住在那裡，有一段時間還要聞著香味才能入睡呢！」準備考試時容易心浮氣燥，就是院前的那棵樹在隨風飄蕩中花瓣凋零，一陣陣花香味入鼻，讓人驟然心平氣和。

如今在陶如意這裡也能發揮作用，當了食材，還是不用本錢的東西，這多好啊！

「對了，如意，妳是怎麼發現那棵樹的啊？」蘇清記得陶如意也沒去過他那個破舊的房子啊。

「蘇大哥，你忘了我去你家裡找書的那一次？我們還聊了幾句，我那時更笑話說自己不是男兒身……」

蘇清拍拍自己的腦門。「記起來了，記起來了，那次我們跟柳絮回來的時候還去河裡抓了一條魚呢。」

「對、對，就是那一次……」

徐娘聽他們說話，臉上滿是笑容。

這一刻的相處充滿了溫馨，子女在前，他們說著趣事、做著活兒，一點都沒落下什麼。

她想了想，開了口。「清啊，你是不是也該想想娶媳婦的事了啊？」兒女大了，就要為他們操心婚姻大事。

蘇清都二十了，村裡跟他同齡的孩子都幾個了。

大家笑談著往事，被徐娘這麼一句話來了個措手不及，一時都閉了嘴，只有陶如意倒水的聲音。

徐娘一見狀，說：「乾娘說得沒錯吧？清，那個富貴不是跟你一樣大嗎？如今都兒女雙全，他媳婦肚子又懷了一個呢。」徐娘繼續嘮叨著。

其實昨日村裡的媒婆白氏過來找她，說隔壁東山村有一戶人家想跟蘇秀才議親，讓她牽個線。

徐娘自己畢竟只是蘇清的乾娘，也不能多做主意，這時只是先探探口風，看看蘇清本人是怎麼想的。

蘇清笑著說：「乾娘，我知道您是為我好，可我這個樣子，哪家姑娘願意跟我啊？先不說這個吧。」他不想害了別人。

陶如意聽了這話，不同意了。「蘇大哥哪裡不如人家啊？堂堂一名秀才，誰都比不上。大哥，你心裡有沒有喜歡的姑娘啊？我去幫你瞧瞧。」

柳絮也跟陶如意一樣的想法，她們的蘇大哥長得一表人才，怎麼會輸給人家呢？

「兩位妹妹怎麼也跟著起鬨了呢？大哥如今還不想成親，等有了成就再說。」

徐娘道：「清，你這樣打算就不對了，娶親和功名沒有關聯的。」

「我娘說得對，大哥，你就給我們找個嫂子唄！」柳絮笑嘻嘻說著。

在乾娘和兩位妹妹的極力勸說下，蘇清只能回道：「好、好，我這就去找媳婦。」

大家一聽這話，都樂得笑開了花。

有一次，陶如意問蘇清。「蘇大哥，你怎麼不繼續參加考試呢？」

這話讓蘇清深有感觸。

他寒窗十幾年，爹娘為了讓他功成名就，付出很多，起早貪黑的幹活，省吃儉用下來的銀錢給他讀書、買書本，也因為這樣，他的爹沒多久就落下一身病走了；而他的娘親在最後下葬時都沒有一副好的棺材，冷冷清清的，銀子還是張掌櫃借給他的。

想起這些，蘇清心裡就難受。

當時，他沒能去參加鄉試，他的老師感到十分惋惜。

其實，當今世道如此不安寧，他也想自己有所作為。

這段時間能這麼平靜，是因為有安順王出手平定邊境動亂，讓內憂外患得以緩解。

安順王是當今聖上的皇叔，他從來沒去過問朝廷事，一直在崗頭山上一個道觀裡生活著。

這次他下山平定紛爭，實在是看不過去皇上的做法，加上老百姓都已經忍無可忍，到道觀去打擾他平靜的日子。

安順王這人連當今聖上都不敢逾越，何況是他人，以前為皇家打拚，現在終於有時間休息，卻又出現這種情況，他不得不出來維護一下大津國的安寧。

陶如意也曾聽過這個人，當年她父親曾跟安順王一道出征殺敵。

後來，安順王去道觀吃素參悟，而她的父親卻成了階下囚，還好當今聖上還算有點良知，沒下旨賜死，可哪個皇家人有良知可言？有良知就不會聽信讒言，讓他們陶家家破人亡。

白河北的孫子也來當蘇清的學生了，小孩是他的爹帶過來，沒有見到李氏來阻攔。聽說李氏摔了一跤，躺在床上好幾天了，平常對家裡幾個媳婦苛刻，如今都沒人敢去照顧她，也只剩下白河北一個大男人打理著。

她的孫子白大地聽著那朗朗讀書聲，還有那飄過來的豆香味，饞了好久，天天吵著要去學寫字。

他爹受不了，想著年紀也到了，而且蘇先生就在旁邊開私塾，也很方便，就沒有跟他娘商量，直接把孩子帶了過去。

白河北是同意的，還偷偷塞了點錢。

說起來蘇清的私塾也不是真正的私塾，但是他的名聲已經傳開了，現在算算也收了十幾個學生，大都是白家村的孩子，也有隔壁村來的。

他決定明年繼續參加考試，陶如意舉雙手贊成。「大哥，你早就該這麼做了，白白浪費了時機。」

「過去的事就不再提了，妳大哥我明年定會全力以赴。」

「蘇大哥一定會考上的，到時候大家都臉上有光了。」陶如意光想都覺得美。

外頭天氣熱了，一動一身汗。

徐娘去田地裡除草，孩子們則被蘇清帶去河邊抓魚了。

好幾個月都沒收到小落子的信了，這其間陶如意讓柳絮寄了兩封信給小落子，也一樣沒有得到回覆。

陶如意和柳絮關起門來，在屋裡說著悄悄話。

「姊姊，我去打聽過了，都沒有小落子的信。」

「我這心裡七上八下的，該不會有什麼事發生了吧？」陶如意蹙著眉頭。左盼右盼了幾個月卻是杳無音信，這讓陶如意一直放心不下。沒聽到朝廷有什麼通知，不知道她的父親、母親怎麼樣了？

雖然聖上沒有趕盡殺絕的念頭，但不保證那些小人沒有什麼惡毒的想法。這些日子縣城一片熙攘，經過迎松客棧都看到大門緊閉，上面貼著官府的白條。聽來往的人說，那些細作是被安順王以前的部下發現抓起來的，如果沒有被發現，後果不堪設想啊！

這梅隴縣看不出有什麼奇異之處啊？怎麼那些匈奴國的細作要來這裡呢？陶如意心裡疑惑甚多，卻沒有得到解惑，煩心重重。

「姊姊，要不我去上桐城找小落子吧？」柳絮說了心中打算，這些日子見小姐憂心忡忡的樣子，心疼得很。

陶如意也很想出去看看，畢竟幾年都沒能見到父親、母親。雖說彼此都保下命來，但他們分隔兩地，還不能如常相訴，得偷偷摸摸靠著柳絮和小落子，經過幾番周折，才能得到消息。

說來小落子能去見她的父親、母親，還是多虧裡頭有賣過命的兄弟，慶幸的是這人願意幫忙，但也不能太過頻繁，畢竟周圍有暗衛在監視著。

「不行，去上桐城可是要一個半月，妳一個人去我不放心。我們再等等，或許信件就在路上了。」陶如意自我安慰道。

白家村到上桐城太遠了，她們絕不可冒這個險。

當時顧上元把她推下山，范卿蓉不放心，還私下派人去山下找了幾天，說什麼活要見人，死要見屍，絕不罷休。

還好山下是狼虎出入多的地方，怕是被撕啃得連骨頭都不剩，范卿蓉才不去多加折騰。

說起來，她實在不明白范卿蓉為何對她有這麼大的恨？

陶如意覺得自己從來是跟那些所謂的姊妹們相敬如賓，沒什麼事值得那麼大的恨意。

這樣知人知面不知心的，聰慧如蘭的陶如意都無法理解。

「姊姊，可是再這樣沒有來信，妳會擔心的。我去去沒什麼，再遠的路我們不是也走過來了？」

「不了，柳絮，我們再等等吧，或許小落子有什麼事情耽擱了。沒有消息就是好消息，我父親、母親他們吉人天相，定會平平安安的。」陶如意反而安撫起柳絮來，其實這也是給自己一個理由定下心來罷了。

柳絮點點頭說道：「姊姊，妳也別擔心了，老爺、夫人定會沒事的。過兩日我再去打聽打聽，實在不行了我們再想想辦法。」

陶如意從櫃子裡拿出一點碎銀，遞給柳絮。「這個妳留著用，出出入入都要花錢，得了信就給人家一點，這樣他們一有消息才會告訴我們。」

柳絮擺擺手說道：「姊姊不用給我，我自己有的，我也知道怎麼做。」跟了小姐這麼多年，在陶府裡見過一些世面，還是能學到不少的，當時陶府的大管家可是教了她一些待人接物的技巧，她都記在心上呢。

「聽姊姊的，拿著，妳那邊的是要給妳娘的。」

柳絮最後還是沒有拿陶如意給的錢，她自己也存了點，這大半年跟著陶如意出去做買賣，多多少少也賺了些，她娘也不貪著她賺來的這些，她可以自己決定花費。

第九章

這時，外頭傳來了一陣腳步聲，還有寧哥兒的喊叫聲。

「姊姊、姊姊，快出來看，我們抓了好多魚和蝦！」

陶如意和柳絮相視而笑，打開屋門走了出去。

王小胖見到她們，急忙提著木桶上前。「姊姊，快看，這魚多肥啊，是大家一起抓的。」

陶如意俯下身仔細一看，幾條魚在木桶裡亂跳著，還真是肥大。

晌午後，蘇清就帶著孩子們去河邊溜溜，那兒樹蔭底下好乘涼，幾個大些的學生就坐在樹下背書，明日蘇先生要考他們；其他幾個小的就去河裡抓魚。

蘇清喜歡親近自然，所以給他教的孩子們後來都變得生龍活虎的，高興得很。

這樣的教學方式在其他地方是不可能出現的。

陶如意見識過他的方式，對他這樣的做法很是佩服，挺有新奇感的。

回來的只有寧哥兒、王小胖和蘇清，其他學生都沒有進屋，而是直接回家。

他們每人提了一個桶子，看來收穫豐盛。

「抓了這麼多，我們怎麼吃得完啊？」徐娘一進屋看了幾眼，笑著說。

這段時間他們可是天天吃魚吃菜，都是自家種的、河裡抓的，不用花銀子，省了一大半，那些在這裡上學的孩子有時也留下來吃一頓半頓的都綽綽有餘。

只是吃多了也會膩啊！

白家村那條河的魚真多啊，肉嫩鮮甜，煎炸的、清蒸的，變了好多花樣來吃。

但是別家去那條河抓就沒有他們家這麼好運了，徐娘也是不明白，或許是老天爺在幫著他們吧！

陶如意想起了前些天在《蘇家食譜》看到的一道菜色——炸魚丸。

她覺得可以試一試。

「徐娘，妳放心，這些魚我有另外的做法，可以圖個新花樣，如果好吃還能去賣些錢呢。」

徐娘一聽陶如意有另外的做法，怔了怔。她當然相信她了，隨後二話不說就把木桶提到水井邊，準備宰殺。

陶如意讓徐娘去休息，在地裡幹了一天活，很累的。

柳絮已經蹲下身給魚剃鱗片。「姊姊，這魚也太大了。」見到蘇清過來，又說：「大哥，怎麼你們都能抓到這麼肥的魚，還屢次這樣，是不是有什麼訣竅啊？」

蘇清把桶子放下，回道：「這個是我爹教我的技巧，一時還真說不出什麼來。」

原來是家傳手藝，就如那本食譜，讓如意姊姊學了好多菜色、糕點等等，蘇大哥還真是她們的貴人呢！

蘇清另一手還抓著一把艾草葉，陶如意看到了就接過來。「這個也可以做一道菜給你們嚐嚐。」

徐娘說：「如意，妳現在做菜的花樣多了啊！」

陶如意笑道：「還不是從食譜裡學來的，說到底還真多虧了蘇大哥，把寶貴的食譜送給了我。」

傍晚，陶如意做了炸魚丸，還煮了菜粥，大家吃得很盡興。

徐娘讓寧哥兒拿一盤炸魚丸給白大地他們家嚐一嚐，白大地在蘇清這兒讀書，今天抓魚他也有一起去。

一開始寧哥兒不願去，他討厭大地的奶奶，經常會說他娘的壞話。徐娘見他執拗，就想著讓王小胖去，王小胖這會兒卻不聽話了，也不想去大地家。

最後還是陶如意開口道：「大地跟你們是同窗，怎麼能不待見他呢？寧哥兒、胖哥兒，一起幫姊姊端過去給他嚐嚐，或許還能幫助姊姊的生意呢。」

寧哥兒和王小胖明白了，便兩人一起去。

白大地一見有好吃的，高興得很，抓了一個熱呼呼的丸子就往嘴裡塞，舉著大拇指說：「好吃、好吃，如意姊姊真是厲害！」

魚丸可是費了很多力氣活，陶如意力氣不夠，蘇清幫著捶打，一定要捶打入味了才行。

第一次做的結果不錯，等幾人吃完後，陶如意繼續折騰打魚丸，打算明天帶去賣，反正有那麼多魚。

徐娘看著一大袋丸子，笑開了花。「清啊，以後能抓多少魚就抓，小蝦也抓一些，我來曬成蝦米，放到麵湯裡可是鮮甜得很。」

「好的，乾娘，一定收穫滿滿來交差。」蘇清說。

等收拾完東西後，陶如意和柳絮都累得腰痠背痛。

柳絮捏了捏自己的胳膊。

「姊姊，這活兒不好幹啊！看著一個個這麼小的丸子，卻是要了我們全部力氣。」

「所以說做每件事可不容易，別看它們微不足道，卻是要花費大力氣的啊！」陶如意也很累，感覺雙手已經不是自己的了。

第二天，她們揹了十幾斤丸子去安隆街。

攤位已經搬進念家鋪裡頭了，剛開始賣得不是很好，一些熟客都找不到陶如意的攤位。

而這魚丸的買賣，陶如意想讓柳絮在外面擺攤試試，畢竟這東西跟那些糕餅不同，第一次拿出來賣，不知道情況怎麼樣。

柳絮嘴兒甜，跟著陶如意也學了不少，也是做生意的料。

攤位還是在米店的對面，張掌櫃成了第一個顧客，看著那些魚丸一個個飽滿有彈性，他立刻買了兩斤，家裡人多，祖孫三代加起來都有十幾人了。

張掌櫃問柳絮。「這些也是如意做的嗎？」

他拿了一個嚐了嚐，味道鮮甜。

柳絮點點頭。「都是我姊姊做的。很好吃吧？魚是我大哥他們去河裡抓來，都是新鮮的。」

張掌櫃說：「你們現在什麼都做，生意越做越大，真不可小看啊！」

他們正說著話，不一會兒就有人過來攤位看看，見是原來的攤主，還問柳絮這段時間怎麼沒來擺攤。

柳絮告訴他們已經搬去念家鋪那兒了，有什麼需要可以去那邊買。

這人見柳絮賣的東西稀奇，就買了一點回去，陸陸續續就把揹來的丸子賣得差不多了。

陶如意有交代留下一斤送給念家鋪的年老闆。

進駐他家店鋪，到現在都沒有收她的錢，這簡直是給她們省了一大筆開銷了。

世道如此艱難，陶如意她們還能遇到好心人，真如徐娘所說的，是老天爺在幫著啊！

那點魚丸算不上什麼高級貨，但物輕禮重，陶如意只想表達點心意而已。

年老闆很給面子，笑笑收下了東西。「如意姑娘，這些都是妳親手做的？那我一定要好好嚐一嚐了。」

沒幾天，年老闆又讓店面的掌櫃跟陶如意討要上次送的魚丸，就算跟她買也行，誰叫那一包拿回家，人人嚐過都讚不絕口，嘴癮還在，讓年老闆多買十斤八斤的，吃個夠。

陶如意聽掌櫃說，不由得笑了，原來她做的魚丸還挺合大家口味的。

她回到白家村就跟徐娘和蘇清說了這事，看來以後要多去河裡抓魚了，可以給她們帶來更多的銀子呢！

蘇清覺得陶如意沒去開食肆，真是浪費了她的本領。

他送那本食譜，只是因為當時身上沒有什麼值錢的可以當謝禮，就把放在袋子裡的那本書送給陶如意。

《蘇家食譜》也算是他們蘇家的傳家之寶吧，他的祖輩、父輩都是做廚子的，到了他這裡就不行了，只學到抓魚這一個技巧罷了。

蘇清覺得這件事真是做對了，他現在擁有了一個家，日子算是蒸蒸日上。

而陶如意這邊也曾想過這點，如果拿那些銀票來用，倒是能開一間店，連柳絮家的豆花都能端上桌來賣。

不過她還不想這麼做，現在不是時候。

村裡有人眼紅，背後說著酸言酸語。

見面時能熱情的打招呼說兩句，等她們一離開，就目光直盯著人家後腦勺輕哼幾聲。

陶如意在白家村也住了幾年了，什麼都見識過，李氏那無理取鬧的潑婦樣經常出現，要不是這些天她摔倒了起不來，不知道還會說什麼。

「姊姊，她們簡直是無話可說了，眼低嘴賤，不說別人壞話就不舒服。」柳絮氣呼呼的說。

陶如意笑了笑。「我們不管她們，她們想說就說，想瞪眼說瞎話就讓她們去，我們只管賺錢就行。」

「還是姊姊妳看得透澈，我可沒有那麼能忍啊！」

她們一邊聊，一邊往蘇清的舊屋走去，準備去摘些桂花當材料。

本來寧哥兒他們也要一起來，陶如意卻不讓，要他們專心去上課，因為去小河那兒抓魚耗了幾天了，可不能把功課落下了。

這一路走過去，不知怎地都會遇到熟人，有些人還跟她們訂了糕餅，說家裡要辦喜事。

陶如意欣然接單，回去有得忙了。

「姊姊，這也太好了吧？」柳絮覺得不可思議，只不過在路上走也能做上買賣，實在是太好運了。

看來她們家的東西已經在白家村傳開了。

陶如意心想有錢賺也高興，再怎麼累都值得。

摘了幾大包桂花，兩人扛著回家。

這些材料足夠做糕點，也能曬了泡茶用，用處大得很。

說起來陶如意覺得挺好運的，很多東西都不用花錢去買，主要是出力去種、去摘、去抓，這去哪裡找的好事啊！

柳絮的力氣比陶如意大，比較會做粗活；而陶如意聰慧，書本上的祕訣學得透澈，做菜細心，所以兩人在一起十分互補。

柳絮越來越佩服她家小姐，什麼都會做。

兩人又遇到剛才那幾個圍著嘮嗑的村婦，面上還是打了招呼，畢竟得在村裡行走，就不去撕破臉皮了。

可有人不起鬨，心裡就不舒服。「哎呀，柳絮，妳們這是去哪裡搬東西啊？可不能把村裡的東西都往妳家搬啊！」

其他幾人也點頭附和。

柳絮不高興了。「妳哪隻眼睛看見我搬村裡的東西了啊？眼睛歪了就去找大夫治，別在這裡胡扯什麼有的沒的。」

把這麼個大頭扣在她們身上，任誰都不同意，何況她們做什麼都是光明正大的，哪有私下要村裡的東西？

陶如意不生氣，反而笑笑說：「這位嬸子，說話可不能昧著良心，我和柳絮還是未出閣的姑娘，以後有什麼不妥，可是要找妳的。」語氣不亢不卑，且站得直，抬頭挺胸，這個模樣，倒讓那些人不敢再說什麼了。

說起來人家能做好買賣也是自己有本事，她們眼紅也沒用，村裡唯一一位秀才還是人家的大哥呢，以後有什麼出頭之日，還想仰仗一下呢。

起頭說話的那個村婦躲到一邊去不說了，陶如意和柳絮也不管她們，繼續沿著小路回家。

「姊姊，妳怎麼能忍得了她們那樣亂說啊？我差點就要去抽她一個巴掌了。」背後胡說八道沒聽見就算了，可這麼當面亂傳就不行了。

「好了，咱們不生氣，跟她們生氣不值得。」陶如意勸著。

回到家，孩子們還在上課，朗朗讀書聲聲入耳，陶如意百聽不厭。

這等光景很是美妙，剛才的不愉快早就忘得一乾二淨。

陶如意覺得要去做個牌子掛在大門上，這樣私塾就有門面了。

等會兒她得跟蘇大哥商量一下，順便想個私塾的名字會更好。

陶如意走進灶屋，拿了些早上做的糕點，準備發給十幾個學生當點心吃。

那間本來放雜物的土磚房一收拾，寬敞明亮，白天當學堂，晚上給蘇清、王小胖和寧哥兒住。

陶如意還沒走到學堂，幾個小孩就像狗鼻子一樣聞到香味了。「蘇先生，我們有好吃的了！」

蘇清笑笑說：「大家休息一下，去跟你們的陶姊姊拿東西吃吧！」

陶如意進去，一人發一塊，大家笑呵呵的圍著吃，還不忘跟陶如意說謝謝。

第十章

柳絮去找她的娘親，把那些村婦胡言亂語的事說給她聽。

她一肚子火，這無形中也讓小姐受了委屈。

雖然小姐不把她們的話當一回事，可再這麼亂傳下去也不行，村裡最容易傳開的就是這些糟心事。

「娘，妳說氣不氣人？那個什麼老姑的媳婦也跟著一塊兒說，這算哪門子親戚啊？」

徐娘嘆了口氣。

「柳絮，妳就不要發火了，村裡人就是這樣，不說點什麼心裡就不痛快，妳又不是不知道。」徐娘早已習慣了這樣。

說起來現在比以前好多了，不那麼明目張膽在她面前說三道四了。

當年柳絮的爹一走，村裡什麼話都有，都是衝著她來的，說什麼剋夫相，才讓一個那麼壯的男人給活活剋死了。

還好把寧哥兒養到這麼大，要不然就要把她當成白家斷子絕孫的劊子手了。

當時她沈浸在喪夫的悲痛中，聽了那些話更是雪上加霜，可她有什麼辦法，孤兒寡母的誰能依靠？只能默默承受著一切痛苦。

後來她聽多了就當沒聽見，反正只要能養好兒女，過好日子，其他的都不算什麼事。

「如意那樣做就對了，跟她們對幹就是白費勁兒。柳絮，妳可要向如意多學學，別只會發火。」徐娘說。

如今她們日子過得好了些，村裡有些人就看不慣，傳了流言蜚語，以為這樣就能讓她們害怕，可這是不可能的事，她們自己辛苦幹活、辛苦賺錢，拿的每分錢都是勞力換來的。

被徐娘這麼一說，柳絮心中的火氣消了不少。

想當年在陶府裡當丫鬟，什麼場面沒見過？

雖然陶府裡的人大都很好，可陶府外那些權貴人家就不簡單了，一句話就會讓人死無葬身之地。

回懟他們這些人最好的辦法就是不要太在乎，不要去理會，他們就會覺得自討沒趣了。

娘親說得對，不必為這些事給自己找不痛快。

「娘，我們又接到一單生意，是村南那個建樹老叔家的，他家要辦喜事，跟姊姊訂了好多糕點。」柳絮想起這麼件好事，跟徐娘說著。「過兩天就要送過去。」

徐娘聽了笑得合不攏嘴。

如意把生意做開了，十里八村都知道她們的手藝，她家的豆花在縣城賣得好，也是如意的功勞。

「聽聽如意怎麼安排，柳絮，妳可要多出點力，別讓如意累著了，知道嗎？」

「知道了，娘，不用妳說我也會幫著姊姊的。」

家裡的灶臺換了大點的，木柴也撿了好多囤起來，就放在豬圈邊，怕下雨天被淋濕，蘇清還搭了一個棚子，方便放雜物。

家裡有個男人還是好，重活都能幫著做。

不過蘇清正在準備明年的考試，大家也知道沒什麼事就別去打擾他，寧哥兒和王小胖倒也聽話，沒再纏著他帶他們去河邊抓魚了。

陶如意準備要做糯米糕，上面裹著紅色的芝麻粒，象徵著喜氣洋洋。

建樹老叔的兒媳婦回去說請客的糕點跟徐娘這邊訂了，他就給了銀子讓他兒媳婦拿給陶如意，怎麼說也要先給點訂金，不能讓人家虧了。

柳絮笑笑跟陶如意說，能多幾家這樣的顧客就好了，清清楚楚，訂量也多，銀子也能收一部分，彼此都放心些。

陶如意心想有多量的訂單當然好了，她們就算累也開心。

但是有錢的人家不多，建樹老叔家的家境在白家村算好的，而且孫子輩就這麼一個，成親這大事當然要操辦一番。

陶如意還專門去刻了有「喜」字的模子，把麵團往裡一放一按，就有「喜」字的樣式出來，精緻美觀。

天氣熱，豔陽高照，一番使勁幹活後，幾人滿臉通紅，汗珠流了下來，布衫都濕了一半。

寧哥兒頂著炎日去後院摘了兩個香瓜，用井水泡一泡，切成小塊，拿給娘親和兩個姊姊吃。

一口咬下去，清清涼涼，解了渴，幹活就有動力了。

柳絮想不到寧哥兒會這麼做，便問他。

寧哥兒說：「這是如意姊姊教我的。」

難怪了，原來是小姐教他的，要不然他怎麼可能會懂得這其中的技巧呢！這些只有富貴人家才會在意，鄉下人哪有顧慮那麼多，有口飯吃、有碗湯喝就不錯了，還去管什麼夏天裡要冰涼的，冬天裡要熱燙的。
王小胖幫忙把木柴搬進灶屋裡，給徐娘燒火用。幾個人分工合作，倒也是井然有序。
柳絮及笄一年了，也到了說親的年紀。可她一點都不著急，她要一直陪著小姐，等小姐跟老爺、夫人團圓了，才去思考自己的終身大事。
徐娘沒有催促自己的女兒，她清楚自己的女兒對如意這個姊姊是實在的好，何況陶家曾經幫過她們，她也是站在女兒這邊考慮的。
這段時間倒還真的有人來說媒，對象是隔壁村的，算起來還是徐娘娘家那邊的遠房親戚。
不過徐娘自從嫁給了柳絮她爹，就沒跟娘家那邊有什麼往來了。因為她選擇跟柳絮她爹過，她的娘家就四處說當沒生過她這個女兒。
柳絮她爹叫白平貴，是一個瓦工師傅，手藝在十里八村出了名，無奈家裡單薄，沒爹沒娘沒兄弟姊妹，就他一人過日子。
他在去隔壁村給人做工時遇到了徐娘，兩人一見鍾情，可徐娘的爹娘不同意，嫌棄白平貴家窮不好託付。
他們想把徐娘嫁給村裡的一個員外當妾，徐娘死活不肯，在一個月黑風高的夜晚，自己跑到白家村找白平貴，兩人私定終身，匆匆忙忙完婚成家。
徐娘的爹娘氣得不行，四處宣揚白平貴的不是，說他搶了他們的女兒，玷污了女兒的清白。
徐娘立刻為白平貴平冤，毅然斷絕跟娘家的往來。
爹娘為了榮華富貴，不惜犧牲自己女兒的幸福，想想都揪心。
白平貴對徐娘很好，有什麼好的都先給她，辛苦賺來的錢就給她做新衣服、買首飾，疼得跟眼珠子似的，從不讓徐娘磕著、碰著，什麼重活都自己搶著做。
無奈好景不長，白平貴在她剛懷上寧哥兒時就離她而去，如今想起來心裡還是難受，往日的點點滴滴都成了回憶。
就算結果不好，徐娘一點都不後悔當初選擇跟了白平貴，兩人也是曾經相扶相持了十幾年，她知足了。
斷絕關係十幾年，這會兒卻讓人來說媒，徐娘真心不待見。
她心裡清楚，這不過是聽到風聲說她家日子過得好了，買賣都做到縣城去了，想要來討點好處。

白平貴走後，她日子都無法過，有上一頓沒下一頓的，他們是知道的，卻視而不見、聽而不聞，說是她活該，誰讓她當年去員外家做享福的妾就不聽，偏偏要選那個短命郎。

徐娘被自己娘家那邊的人傷透了心，雖然就在隔壁村，她也不讓柳絮和寧哥兒去拜訪。

就算是多好的郎君，徐娘也不會答應的；何況說的那一家還是村裡最不老實的，她怎麼可能把女兒託付給這樣的人？

柳絮沒有去多加注意，反而是陶如意看到了那個婆子來找徐娘。

「我們的柳絮該說親了，真快啊！」陶如意笑道。

「姊姊，咱們不說這個。這些是不是要送過去啊？」柳絮不以為然，指了指剛出爐的糕點說道。

「建樹老叔那邊會有人來取，我們先拿出來散散熱就行。」見柳絮無動於衷，陶如意也沒再開她的玩笑。

柳絮按陶如意說的做，忙了兩天，終於把建樹老叔家訂的糕點做好。算起來還真不少，加起來就有四擔子的重量了。

徐娘把來說媒的婆子勸了回去，還跟她說那邊再讓她來說這事，她就直接閉門不見了。

那婆子只能起身回去，卻不經意間一眼見到陶如意，雙眼發亮。

這姑娘也是好人選啊！

「徐娘，那姑娘也是妳家的？我怎麼不知道呢？」媒婆笑咪咪的問徐娘。

徐娘蹙著眉頭，怎麼就說到如意頭上了？

「李嬸子，妳就回去吧，我們家的姑娘不急著說親呢。」這話聽明白就是趕人走的意思，可李媒婆卻直盯著陶如意轉。這妮子長得不賴，幹活俐落，比那個柳絮要好。

徐娘見她還不走，有些煩躁，再次趕人。「李嬸子，我們還要忙呢，妳就先回去吧。」

「妳跟我說說那個姑娘的底，我給她說門好親事，到時候有了好日子過，就要謝我辦的好事了。」

李媒婆自我吹噓起來。

徐娘聽了煩。「我家的姑娘還不用李嬸子操心，她們還小，我還想留著給家裡掙點錢呢。」

人家話都說到這分上了，李媒婆只能作罷，再次瞧了陶如意一眼，灰溜溜的離開了。

第十一章

趕走了李媒婆，徐娘進灶屋去看看陶如意她們做的怎麼樣了，她想幫把手，就算燒個火也行。

這些日子天熱，就沒做豆花去縣城擺攤賣了。

最近官府來村裡收稅，朝廷大動干戈，怎麼也要從老百姓手裡收賦稅填窟窿。蘇清是秀才，可免些賦稅和徭役，這無形當中省了好多。蘇清只有一個人，所以把這份好處轉到徐娘這邊來。他已經是徐娘的乾兒子了，怎麼也要護著這邊。

白家村裡有好幾家窮得揭不開鍋的，還要被徵收賦稅，簡直是雪上加霜，一經過他們家門口，聽到的是無奈的嘆息聲。

大津安定，百姓才能過好日子，但如今這景況，怕是沒那麼容易了。邊境混亂，被安順王壓下，這是好消息，可要平撫家國，還有一段很長的路要走。范輔相依舊是朝廷裡說了算的大臣，因此這苦日子還得受著。

蘇清把前些天聽到的消息告訴了陶如意。

陶如意聽了沒什麼想法，這樣的情況反反覆覆，她早已看透。而蘇大哥總把打聽到的消息告知她，或許他是猜到了什麼吧？

而小落子沒來信，她想著會不會是跟這景況有關？她得找個時間去青峰山的寺廟求個平安符，保佑家人安康，國泰民安。再這麼折騰下去，國將不國，民不聊生啊。

徐娘一進灶屋，見陶如意坐在灶臺邊上，拾掇著樹枝木柴，灶爐呼呼響著，在蒸著糕餅。

「如意，活兒還剩多少，我來做吧。」徐娘說。

陶如意在想事情，一聽到徐娘的問話，回過神，站起身說：「徐娘，都差不多了，妳去歇會兒吧，這兒有我和柳絮呢。」

「柳絮去哪兒了，怎麼沒見到人影？」見柳絮沒在灶屋，徐娘問道。

「她幫建樹老叔家的人一起拿做好的糕點回去。徐娘，剛才來的婆子是來給柳絮說親的吧？」陶如意笑笑問了句。

「是啊，不過我把她趕走了，鄉里鄉親知根知底的，說的那一家真的不行，何況我還不想讓柳絮這會兒說親嫁出去。」徐娘實話實說。

「柳絮是好姑娘，我們要給她找個好人家，絕不能隨隨便便就把她嫁出去。」如果陶家沒有倒臺，她一定會讓柳絮這個妹妹風風光光的嫁出去。可現在這個想法只能想想而已，當然等到柳絮要嫁了，她怎麼也要給柳絮備一份大禮。

「如意，妳放心，我做娘的當然會給她物色一個好郎君，怎麼說對方也要清白，不好吃懶做，要不然吃虧的是我們。」

徐娘想起自己的過往，白平貴幹活積極向上，所以她剛來的時候看著不好過，但經過一番努力，建了幾間土瓦房，有了遮風擋雨的地方，種田、種菜，有了另外的收穫，衣食不缺，有時還有肉、魚吃。

過日子就是這樣，不求大富大貴，但求衣食無憂。

陶如意笑道：「徐娘說得對，兩人在一起就得相扶相持，好日子是自己爭取來的。」

就如她們幾人，以前很辛苦，如今能做上買賣有收成，日子過得好點了，有飯吃又有錢賺。

成家立業也是一樣，彼此要互相為之努力，夫妻本是同林鳥，其利能斷金呢。

陶如意想得有點遠，自個兒不由得笑了笑。

忙了兩天，別人訂的糕餅終於做完了，陶如意和柳絮便去休息一下。

徐娘把蒸鍋拿到井邊清洗。院子裡打了一口井，真是方便許多，要不然要到河邊挑水就很吃力了。

這個是白平貴當年做的，也是他想得周到。

陶如意沒睡一會兒就起來了。

她進灶屋下米悶飯，上面放了年前曬的香腸，不一會兒就飄出一股香味，院裡的人都被它吸引了。

王小胖先開口。「姊姊，這也太香了，我肚子餓了。」

白秋寧鄙視他。「小胖，你就是隻饞貓。」話還沒說完，就聽到咕嚕咕嚕的聲響，是白秋寧的肚子叫了。

王小胖聽見了，拍手大聲笑了起來。

「你也跟我一樣是隻饞貓。」王小胖現在跟白秋寧走得近，兩人一起學字，一起吃飯，一起睡覺，嬉嬉鬧鬧很是開心。

王良平把他帶到這裡是正確的選擇。

白秋寧偷偷跟陶如意說了，王小胖一點都不傻，字學得很快，蘇先生都表揚他，還讓那個白大地要多跟他學習呢。

看著兩個小子急著吃飯了，陶如意就叫大家一起，給每個人盛了飯。她還煲了淮山湯，清甜清甜的。

這樣的情景，陶如意最喜歡了。

不知道何年何月也能跟爹娘一起圍著吃頓飯？

回想三年前的這個時候，是陶如意噩夢的開始。

只因父親陶文清在驅逐外寇的策略上不聽范輔相的而起了爭執，父親在崗頭山的那場戰役中失利，被范輔相倒戈一把，聖上聽信讒言，讓父親卸職入牢，范輔相再添把火，將陶家上下幾十口都牽連進去，祖母受不了打擊，沒多久就去世了。

陶家世代為將，為大津出生入死，捐軀赴國難，所以族親單薄，到了陶文清這一代就只有他一人，老輩們都為國為民犧牲了自己。

莫須有的罪責難逃，陶家成了階下囚，往日想親近的人，有的怕受牽連視而不見，有的為陶家說話而受連累，那年可謂是兵荒馬亂，天翻地覆。

陶如意什麼都看透了，所以才說在白家村所見的是是非非只是皮毛罷了。

在她無助的時候，顧上元偷偷來找她，說要救她出大興，要不然接著就輪到她入牢了。

那時陶府已經被查封，她才剛簡單地安葬完祖母，沒地方去，顧上元能在那時給予援助，不忘彼此那份感情，陶如意很是欣慰。

一見到顧上元，她就不再害怕了。

誰知道一切都是假的。

「如意，妳放心，我們的婚約不變，我爹也贊成我這麼做，我這次來找妳，還是他給我出主意的。」顧上元動人心弦的話入了陶如意的耳，她相信了顧上元。

顧家人還算有良知，不忘當年她父親對顧家的扶持。

說來她跟顧上元自小就認識，可謂是青梅竹馬，兩家本打算等她及笄後就讓他們成親。

那時顧上元帶著陶如意離開大興，來到了上桐城，找了一間小客棧寄住，他還叫了一桌菜給她們吃，畢竟陶如意和柳絮已經兩天沒吃東西了。

傍晚時分，柳絮被顧上元支開去街上的店鋪買些衣裳，以備不時之需。

這個情景怕是要逃亡天涯的打算了。

不知道為什麼，陶如意感到昏昏沈沈。

她以為是自己跑了幾天的路程才累著，誰知是顧上元讓人下的藥粉。

她被顧上元帶到了崗頭山的一個山洞裡，柳絮已是不知去向。

迷迷糊糊醒來，發現了眼前這一幕，陶如意還以為是顧上元救了她。

「上元哥哥，你還是回去吧！不能讓你受牽連。」陶如意勸顧上元離開，她一人在山上躲著就行。

「如意，妳別想太多，等風頭過了我就帶妳離開這裡，我沒事，妳放心。」

顧上元依然風度翩翩，言語間很有擔當。
但是，陶如意已經在見閻王爺的半路上了。
過了一個多時辰，傳來一陣陣倜促的腳步聲，以及刀劍相碰的聲音，越靠越近，是官兵追上山來抓人了。
顧上元帶著她出了山洞，往山頂跑去。
走到懸崖邊時，顧上元露出了真面目，因為那些聲音是給他的提示，告訴他該下手了——
范卿蓉來了。
殺了陶如意，顧上元上位，范卿蓉才能安心的嫁給他。
所有的愛恨情仇就在這一念之間改變了。
「如意，妳要成全我，只有把妳殺了，我才能做范輔相的女婿，我爹的爵位就會同意傳給我。我在顧家過得怎樣，如意妳是清楚的，我絕不能再這樣輸下去。如意，妳到了下面，也不要怨我，只能怨老天爺的不公……」顧上元說了很多，一句兩句的真相，讓陶如意痛恨不已。
顧上元是顧家庶子，就算他多麼努力，行事穩重，也無法得到老侯爺的肯定。可是，陶如意沒有因為這個而看輕他，她的父親也一直以未來女婿那般看待著他。

後來陶家倒臺了，不能依靠了，顧家得去找另一個靠山。

所以他要去娶范卿蓉，因為她能幫他得到那一份虛榮，讓他不在別人面前低人一等。

結論就是以她的死作為交換條件。

那他最後的話，是要讓陶如意死得瞑目嗎？

她命大，在掉下懸崖時被樹枝勾住，不至於掉到崖底。

她還記得當時聽到范卿蓉叫嚷著。「活要見人，死要見屍，你們給我好好的找！」

話語裡盡是得意忘形的意味。

她的聲音，陶如意當然熟悉。

不知道昏迷了多久，她再次醒過來的時候，救她的那個男人剛好離開，她只見到一個高大的背影。

她喊不出來，腦袋昏沈沈的。

等她再次醒來時，是柳絮在身旁照顧著。

而她已是毀了容，不過命卻留住了。

荷包裡，救命恩人給她留了一張銀票，足足五百兩。

柳絮那時候雙眼紅腫，聲音沙啞，不知道喊了多少回，才硬生生把她從閻王爺那兒叫回來。

等她養好傷，兩人喬裝打扮來到梅隴縣的白家村，也就是柳絮的家鄉。

一路走來，兩人受的苦無法言喻，一則怕被發現她還沒死，二則是能花的錢沒多少，吃住都無法，只能隨便找些破寺廟、破舊屋等地方躲藏歇息，吃野菜、喝溪水。

那張銀票她不敢用，就怕引起他人的注意。

陶如意的心都碎了，爹娘下落不明，陶家落敗無望，未婚夫翻臉狠心想要她的命，自己的臉容面目全非。

天塌了。

種種遭遇讓陶如意心灰意冷，要不是柳絮在身邊陪著她，她早就死了幾回了。

那時候，世上只有柳絮這個妹妹跟她一起了。

陶如意問柳絮認不認識那位救命恩人，柳絮茫然不解，她四處尋找小姐無果時，有人悄悄給她塞了一張紙，她按照紙上寫的地方找了過來。

當時木屋裡只有陶如意躺在炕上，沒有其他人，旁邊的桌上還放著一碗溫熱的湯藥。

第十二章

陶如意懷疑救自己的那個人是認識自己的，要不然怎麼會把柳絮引到她身邊來？那時候陶如意一身傷，柳絮看著都心疼不已，因此也沒多注意周圍，只想著小姐能好好活過來就謝天謝地了。

當時柳絮被顧上元叫去買東西，她轉了一圈後覺得不妥，小姐和顧公子雖有婚約，但也不可孤男寡女共處一室，傳出去對兩人名聲都不好，而自家小姐更會難堪。

柳絮急忙轉身回客棧，誰知人還沒進客棧就被夥計攔住了，還把她的包袱丟了出去。

她想問清楚情況，夥計卻直接關上大門，一句話都不給。

柳絮立刻感到大事不妙，可她一個丫鬟能怎麼辦？她在這裡人生地不熟，而人心難測啊。

她一下子慌了，小姐跟顧公子一起不見了，她能去哪裡找？陶府已經沒了，她也不敢去顧家問。

無助的柳絮在大街小巷尋找著，卻是一點消息都沒有。

尋了兩天，竟在上桐城遇見了小落子。

小落子在陶家出事的時候被陶如意放走了，能少一個人遭殃就少一人，她不想殃及無辜。

柳絮哭紅著眼跟小落子說：「落子啊，你說怎麼辦？小姐她真的出事了嗎？」她一看到小落子，整個人好像見到主心骨似的，那兩天她是多麼的煎熬啊！

小落子個性比較冷靜，雖只是在陶府當個小廝，但他跟在陶老爺和小姐父女倆身邊多時，怎麼樣也會學到東西。

「柳絮，妳先別哭，我們小姐定會沒事的，她貴人自有好運，我們再去附近幾個地方找找看。」小落子安慰著柳絮。

柳絮聽了這話，點點頭，把眼淚逼回去。

這兩天沒聽到什麼壞消息，那就代表小姐暫時還好好的。

「我去找顧公子身邊的僮僕張三歲問問。」張三歲跟小落子很親近，有什麼好東西，彼此都不會藏著、掖著。

但是這一次卻碰壁了，顧家的門衛告訴小落子，張三歲不在府裡，出門辦事好幾天了。

一切沒了頭緒。

小落子去找了一些關係好的人打探打探，竟然碰到了城裡萬事通的田石櫃。說起田石櫃，黑道、白道都得躲遠點，因為他跟的老大來頭不小，卻又不知道出入哪位高師，神神祕祕的。他的老大在上桐城天不怕地不怕，凶狠高傲，一見到一點不順心的就拳腳相向。一些心虛的人見了他都躲得遠遠的，不敢靠近。

小落子是上桐城人，當然聽過這人的惡劣，人人一說起李承元的大名就害怕。但其實小落子見過他一回，他長得不賴，不像傳聞中說的那樣。

小落子讓田石櫃想想辦法，能不能幫忙找找他家小姐？

柳絮在一旁，差點要下跪相求，被田石櫃阻止了。

田石櫃很爽快地答應。「老弟，你放心，我一定幫你打聽。」

只不過過了一個多時辰，田石櫃就給他帶來了消息——陶姑娘和顧公子往崗頭山的方向去，但是躲在哪裡就不清楚了。

有了這個消息，柳絮和小落子兩人就放心了，準備要上山找小姐時，卻聽到顧公子和范大小姐成親的消息。

這才過了多久啊？

兩人都懵了，那小姐怎麼辦？她去了哪裡？顧公子竟安然無事的跟陶家死對頭談上親事了？

兩人上山找了一遍，都沒有見到人影，再一次受到了打擊。

小落子再去找田石櫃，田石櫃卻不見蹤影，聽人說是跟老大去大興辦大事；而柳絮在街上遊蕩時，有人塞給她一張紙，她才從上面的提示找到了陶如意。

陶如意臉上那道疤能很快恢復，還是多虧了救命恩人留下的藥膏。如今過去三年多了，恩人是誰都還不知道。

想到范卿蓉和顧上元，這兩人大概都以為她死了吧，所以這幾年她才得以在白家村過安穩的日子。

先前小落子來信跟她說了點顧家的事，顧上元真的如願以償娶到范卿蓉，兩人一開始過得還算可以，半年後就流言蜚語滿天飛，說顧家忘恩負義、范家奪人所愛……這樣的話就算不管真假，顧上元和范卿蓉夫妻倆之間也定然有了隔閡，日子過得也沒那麼安寧了。

不過他們過得好不好，跟陶如意一點關係都沒有，她心裡對他們兩人恨之入骨，還想著他們都打成一片，雙雙去見閻王爺就更好了。

陶家被他們害成這樣，天理不容。

小落子沒有跟著一起來白家村是陶如意的主意，范卿蓉和顧上元以為她死了，陶府便沒有什麼人可以打擊，柳絮和小落子就安心了，讓小落子留在上桐城，可以打探一點消息，陶如意一直記著要把父親、母親救出來。

小落子的人脈廣，說起來還是那種過命的交情；他遇事從容應對，可見不是俗人能及的。

經過幾件事之後，陶如意覺得小落子這個名字不是他的真名，他的能耐不該只在陶府當小廝，不過陶如意問過小落子，小落子只是搖搖頭說自己這人不足掛齒，只不過是陶府裡一名小廝罷了。

說到這分上，陶如意也沒再多加探究了。

想起了這些往事，陶如意如今已是默然。

她覺得最不值得的就是曾把顧上元當成心中那道白月光，結果卻是引狼入室。

青梅竹馬的感情都不如爵位這份虛榮，顧上元這人太自私、太可怕了，把他們從小到大的感情踩在腳底下蹂躪著。

十幾年的時光對他們而言沒有什麼太大的意義，能利用就利用，能捨棄就捨棄，不會去在意。

而另一方面，或許是因為十幾年都生活在無憂無慮中，才沒有發覺那個自稱姊姊的范卿蓉早就對她恨之入骨了。

陶如意真想問個明白，她做了什麼值得范卿蓉對她這麼狠心呢？

窗外的月亮圓如玉盤，月光照耀大地，像披上了一層白絲般透亮柔和。

這一刻，大家都各自回屋休息了。

晚上王小胖和寧哥兒兩小子都吃了兩大碗臘腸蒸飯，直喊著明天還要吃。臘腸剩不多了，要天天吃肉是不可能的，陶如意便想著做別的花樣給他們幾個人吃。

自從來到白家村後，她就不是什麼陶府大小姐了，就算多麼悲痛也要忍著，裝作若無其事的過著，她不想讓那些幫她的人擔憂。

好在蘇大哥那本《蘇家食譜》給了她一個全新的世界，她的廚藝突飛猛進，還能拿去縣城擺攤做買賣，有時候還不夠賣，念家鋪的夥計趕到白家村來找她，看看能不能多做一點。

陶如意做的糕點甜而不膩，唇齒留香，也得到高門大戶的夫人、小姐們喜愛。

梅隴縣是個熱鬧的縣城，來自五湖四海的人在這裡成家立業，口味不一，行事作風也各異，所以能在這裡找到商機，生意蒸蒸日上也不容易。

再過兩日就是端午節了，白家村和隔壁幾個村對這個節日很是重視，每年都要聚一聚，來一場龍舟比賽，熱熱鬧鬧個三天。

以往陶如意沒怎麼去注意村裡的習俗活動，只打探哪個地方能擺攤賣豆花就直接挑著去賣，有時還是邊挑邊喊著賣，就如貨郎叫賣一樣。

現在她卻有了新想法，人多的地方，買賣就容易些。

這樣的時節，高門大戶的夫人、士子們也會來湊一下熱鬧，官府還會派差役來巡視，就怕有什麼閃失。

這麼重要的日子，陶如意決定去江邊擺攤。

那天蘇清也會讓學生們休息去觀看比賽，還讓他們回來後交觀後心得呢。

她跟徐娘說了這個打算，徐娘十分贊成。

如今家裡的糕餅、魚丸、豆花等都賣得搶手，趁這個機會去那裡擺攤，定能賺到銀子。

幾人開始著手準備材料，剁魚肉餡、揉麵團、切艾草葉……最重要的是包粽子，多種口味讓客人有得選擇。

陶如意負責製作餡料，有紅豆加肥肉的、栗子加瘦肉的、鹹蛋黃的……將糯米泡軟，柳絮去摘了好些荷葉，由徐娘負責包，因為徐娘包的粽子十分飽滿好看。

陶如意還炸了兩大盆魚丸，讓客人蘸著醬料吃，想想不由令人流口水。

寧哥兒和王小胖先吃了點，直說好吃得能上天了。

他們兩人也會跟著一起去，蘇清說他要在家看書，不去湊熱鬧了，反正看了幾年還不是就那樣。

「大哥，你就跟著一塊兒去瞧瞧吧，聽說今年的龍舟換了樣，比以前壯觀些。」柳絮聽了村裡人得來的消息。

「不了，你們去吧，我就在家裡看家，有什麼需要我去的才去。」蘇清說。

「先生您不去，到時候怎麼跟我們講龍舟心得啊？」王小胖傻乎乎的問道。

陶如意聽了，笑了。「小胖說得對，不親耳聽、親眼看，怎麼有說教的理由啊？大哥，看書不差這麼一會兒的。」

幾個人都叫蘇清明天一起去看賽龍舟、拜祖先，他只好答應了。

到了端午這天，陶如意、柳絮幾人早早就起來了，還租了一輛牛車拉著器具、材料往雙頭江奔去。

雙頭江環繞著白家村和東山村，那些魚蝦就是由雙頭江延伸出來的一條小河裡抓的。

從家裡出發到江邊，算起來也有兩、三里路，本來不想租牛車，無奈東西多，器具、小鍋灶都得必備，要不然什麼事都做不來了。

況且粽子得現場煮才好吃。

到了江邊，已經有些人在那裡擺起攤來了。

陶如意找了棵大榕樹，準備在樹下擺攤，還拿了幾張木凳備著。到時候客人累了，就可以坐下來歇歇腳、喝喝她們做的花茶。

過了一個多時辰後，敲鑼聲響起，鞭炮齊鳴，甚是有氣氛。

陶如意的攤位生意很好，寧哥兒和王小胖都忙到沒有時間去看那熱火朝天的比賽呢。

沒多久就賣完了一盆炸丸子。

徐娘臉上笑容燦爛。

柳絮忙得連喝口水的時間都沒有。

蘇清幫著收錢，陶如意吆喝著。

大家配合得有條不紊，不會因為人多生意好就亂了。

晌午時，陶如意和徐娘坐著喝口水，其他人都不在攤位上。

不一會兒，陶如意看到有些路人面露惶恐，本來坐著吃粽子的人也急忙起身付了錢，就如逃荒似的跑開了。

有個村婦來攤位要買炸魚丸給小孩吃，一見那情景就急拉著孩子走開，陶如意還沒把魚丸拿給客人，叫喊著客人也不回頭，她準備去追著給東西時，幾道恐嚇聲傳了過來。

「走走走，竟在我爺的地盤上撒野！」

「說你呢，是不是想找死啊？」

「呵呵呵，爺，這妞兒長得不錯啊！」

人未到，叫嚷聲都要掩過那邊的鑼鼓聲了。

陶如意很快就意識到不妙了，這該不會是遇到地痞了吧？

周圍知道的人都躲得遠遠的，要不就收拾一下賣的東西，提著就撒腿跑了。

而陶如意這攤東西多，不是能提著就走的。

徐娘看到來人，便往陶如意身邊挪去，低聲道：「如意啊，我們要小心點了，這人不好惹。」

她知道來的那班人是東山村的地頭蛇，甚至手已伸到縣城那邊去了，官府根本拿他們沒辦法。

有大靠山在，官差們得掂量掂量，自然不敢輕易去攪破他們的惡行。

受苦受難的是老百姓們，一個矮漢子因慌張擋了他們的道，一個壯漢就一腳踢過去，矮漢子已是蹲在地上不敢出聲，怕一出聲就會招惹拳腳。

陶如意真的看不過去，可自己沒辦法做什麼，她們這攤只剩下她和徐娘在，本來賣得差不多了，就讓柳絮和兩個小子去看賽龍舟。蘇清遇到朋友，去茶樓敘舊說事了。路邊一些攤位沒及時離開的都被他們亂腳踢散，辛苦了一大早的都沒了。

「來我爺這裡做買賣竟然不先敬我爺，這還真是無法無天了！」壯漢恣意亂叫。

而他們的頭目一聲不吭，笑咪咪的看著四周，他最喜歡這樣的慌亂無措。

羅史吉敢如此在地方上橫行霸道，還不是仗著他舅舅的堂叔的女兒在宮裡當了美人，官府不看僧面看佛面，睜一隻眼、閉一隻眼，因此他就找了幾個打手跟著自己，每天在街上凌弱暴寡，為所欲為。

有百姓上衙門告狀，卻得了個更慘的結果。

陶如意這會兒都不知道怎麼辦才好，走也不行，留也不是；徐娘也一樣心慌慌的，那些人慢悠悠的往她們這位置走了過來，而官差卻視而不見，轉身就往雙頭江畔邊走去。

徐娘很少見過這樣的場面，早已嚇得手腳發抖，緊緊地抓著陶如意的胳膊。

第十三章

陶如意經歷過生死，對於這樣的胡作非為雖然不怎麼怕，可總要顧慮一下，畢竟自己是躲藏在這裡，太顯眼了反而不妥。

她臉頰處那道疤痕還在，男人定不會看上的，最多就是今天辛苦賺來的錢會成了泡影。

幾個壯漢無視他人的哀求，把踢散的物品再次踩碎，有的還拿棍子敲打。

羅史吉越看越興奮，這種感覺太好了，哀求聲、乞討聲、破碎聲……

壯漢知道他們的頭子有這種癖好，所以更加肆意揮打叫嚷。

陶如意看呆了，她們眼前的小爐灶等物品驟然支離破碎。

陶如意急忙上前阻攔。「你們這是要幹什麼？」

壯漢不管她的喝厲聲，見一件推一件，輕的就舉起狠狠地往地上摔。

羅史吉笑得更大聲了。

等所有東西都毀了後，壯漢們才去注意眼前極力保護器具的女子。「我們要幹什麼？我們看不慣你們這樣無視我家爺，沒好好的孝敬他！」

陶如意的雙手已是紅腫一片了，徐娘也一樣。

羅史吉滿足了自己那一份癖好，揮揮手讓手下停手。

別人見了這樣的情景是躲得遠遠的，而這女人倒大膽，竟然敢來阻攔，真是吃了熊心豹子膽了。

羅史吉用蘭花指捂著嘴說：「這個妞倒是有力氣啊，匣九，給我好好押住！」說起來他是沒力氣，吃了藥粉耗了神，只要有人敢上前狠狠一拳，羅史吉定是四腳朝天的難看樣。

可惜沒多少人知道他是這樣的人。

陶如意不知道，而且他們人多勢眾，她一人也無力回擊。

徐娘一聽有人要欺負陶如意，一下子就提了膽，急忙走到陶如意的前面哀求著。「幾位爺，有什麼事情好好說，這些錢孝敬幾位爺，給爺去喝杯茶。」邊說邊從袋子裡拿出好幾文錢，恭恭敬敬地遞給了那個壯漢。

壯漢接過來拿給羅史吉，羅史吉完全不瞄一眼，這麼少都不夠剔牙呢。

他遞給壯漢一個眼神，壯漢會意，轉身就對徐娘說：「我們爺不要錢，要這個女人陪陪我爺一宿就好。」

陶如意聽了氣得不行，朗朗乾坤下，這些人竟然敢當街胡作非為，搶錢辱女，那些官差也沒來維持一下秩序。

陶如意說：「光天化日之下你們竟然無視國法，滋事鬧事，把我們的東西毀成這樣，還欺辱我們，這告到官府去，當受責罰。」

羅史吉和幾個手下好像聽到天大的笑話似的，相視大笑。「這妞真是好笑極了！」跟他們說大津律法簡直是白說。陶如意心知肚明，他們敢這麼囂張跋扈，定是跟官府關係好，可是不這麼說還能如何？

羅史吉又用蘭花指捂著嘴笑著說：「妞，那妳就去告啊！要不我讓匣九帶妳去衙門，免得妳走錯路了。」

他話音剛落，有人走了過來，大聲說道：「這是哪個螞蚱在這裡亂蹦帶跳的啊？」

羅史吉抬眼一看，整個人都目瞪口呆，其他幾個壯漢也一樣傻了眼。

怎麼在這裡遇到這兩人──李承元和他的跟班田石櫃。

周圍的人見到後來的兩個人，更是自覺往邊上躲，今天這端午節過得也太精彩了，雙頭江還在熱火朝天的賽著龍舟，吶喊聲、尖叫聲此起彼伏，而這邊更是……

李承元慢悠悠地走在田石櫃的後面，一聲不吭，只是站在那裡就莫名有一股寒氣襲來。

羅史吉一見來者，本伸出去拉陶如意的手急忙放下，走到田石櫃和李承元面前，低聲下氣的說：「這位爺，您也來看熱鬧啊？」他是對著李承元說的。

李承元連眼都不去正視羅史吉一眼，田石櫃上前說：「羅史吉，退後一步，可別嗆著我家老大了。」

羅史吉一聽這話，整個臉色都變了，他最討厭別人說這話，因為他有口臭，所以一般他都不怎麼開口說話的，如要說話定要用手指捂著嘴巴，剛剛嚇一跳就忘了這事。

他急忙的捂了捂嘴，旁人見了忍著笑，在這樣的景況下，再不能當槍頭鳥了。

「爺，我請您去一個能看到全景的地方，我們這兒的龍舟賽可是好看得很。」羅史吉哈腰低頭說著，跟著他的人也一樣低著頭，大氣都不敢喘一下。

陶如意也看到了來人，一下子就懵了，這不是年前雪天中在她攤位買豆花的兩人，還吃了好幾碗呢。

原來連這些地痞流氓都怕他們，那他們豈不是更加凶惡了？

李承元依然不開口，只是抬眼往陶如意這邊看了過來。

這女人到這裡做買賣了？這麼熱鬧的場面她真敢來，連羅史吉都欺負到她頭上了她還去還手，要不是他們及時過來，這女人就要吃大虧了。

陶如意剛好抬眼望去，兩人就這樣四目相對。

羅史吉不經意看到了這一幕，心裡覺得這裡頭有貓膩，如果做個順水人情把這個女人推給李承元，是不是算做了件好事？

李承元這人比他更狂妄不羈，比他更敢做敢當，他早前聽過人家在大興上桐城一帶就有些名頭了，幾年前來到梅隴縣，在短短時間裡就把周圍的關係人脈拿了下來，就算羅史吉的後臺是那個做了當今聖上的美人，也比李承元輸一等。雖不知道他的靠山是誰，但是隱約聽說是一人之下、萬人之上的。

「李爺，要不我們去鳳仙樓坐坐、喝個美酒？我那兒有一瓶存了許多年的香酒。」羅史吉說道。

李承元擺擺手說道：「你的酒我可不敢喝。」

「李爺說笑了。」羅史吉不明白李承元擺的是什麼樣的道。

這種當街胡作非為的事，他們不是很常做嗎？沒必要太過於認真啊？

柳絮他們不知道這邊發生了事情，像往常一樣走了過來，說道：「姊姊，妳沒去看賽龍舟，真是錯過了好多，太精彩了，妳聽聽，寧哥兒的聲音都喊啞了。」

徐娘見他們回來了，急忙去抓住兩個小孩的手，緊緊的護在身後，對柳絮小聲說：「往後靠，別過去。」

柳絮這才注意到四周的情況，看著陶如意紅腫的雙手，她心急了，不聽徐娘的話，還是走到陶如意面前。「姊姊，妳這是怎麼了？」

陶如意拍了拍她的胳膊說：「我沒事，妳先帶著他們回家去。」東西都毀了，怕是沒得收拾。

柳絮發現地上那些七零八碎的器具，她抬頭仔細看了看周圍的人，才明白這是遇到地痞流氓了。

等等，那個穿著赤色衣服的男人是她認識的，是小落子的朋友，幫他們找小姐的。

沒錯，是他！

「田大哥……田大哥，是你嗎？」柳絮驚訝不已，竟在這裡遇到他了。

田石櫃聽到有一女子的聲音在叫他，抬頭望過來，仔細端詳，這不是幾年前在上桐城時跟在小落子身旁的那位小姑娘？當時為了請他幫忙找小姐，這位小姑娘還想給自己下跪磕頭呢。

「柳絮姑娘，妳也在這裡啊？」田石櫃記得她叫柳絮。

柳絮點點頭。「田大哥，我是白家村的人，今天這邊賽龍舟就過來瞧瞧，我們還在這裡擺攤賣粽子呢。田大哥，我去拿一個給你嚐嚐，我姊姊做的粽子很好吃的。」柳絮轉身走到陶如意面前，說道：「姊姊，那位田大哥就是跟小落子認識的。」

陶如意一聽柳絮叫「田大哥」的時候就已經知道此人了，當年小落子他們找到她後，把經過一五一十告訴了她，包括這位田大哥的幫助。

羅史吉站在李承元旁邊一動不動，他現在走也不行，留也不是，有點焦頭爛額。

其他圍觀的村民見沒了硝煙，便該忙的就去忙，去看賽龍舟的就去看賽龍舟了。

這時李承元開了口，對羅史吉說：「你們先回去吧，我們遇到老朋友，要敘一敘舊。」

羅史吉一聽李承元把那個姑娘認成朋友，心想以後要長點眼可不能亂來，要不然就吃不完兜著走了。

羅史吉哈哈笑說：「爺，這些人是您的朋友啊？那以後我會照顧著，您大可放心。」

李承元嗯了一聲。

「爺，那您忙，下次再請您吃飯、喝美酒。」羅史吉說。

李承元對著他擺擺手，示意他們可以離開了，堵在這裡搞得大家都心緒不安。

羅史吉識趣的帶著那幾個壯漢走了，他也一刻都不想留下。

田石櫃也對著圍觀的眾人說：「都散了，都散了，去看龍舟賽吧，別堵在這裡找無趣。」

眾人一聽紛紛走開。

柳絮找了一遍，發現沒有剩下的粽子，只能跟田石櫃說：「田大哥，只能明天才能給你我們家包的粽子。」

「我們剛才有吃過粽子了，妳不用再給我們了。」田石櫃說。

陶如意上前一步，朝李承元和田石櫃福了福身子。「感謝兩位剛才的出手幫助。」

田石櫃說：「這點小事不足掛齒，我家老大最喜歡做好事了。」

李承元道：「就你話多。」

另一邊的徐娘和寧哥兒他們忙著收拾殘局，徐娘擔憂今天血本無歸了，本來做得好好的，卻遇到那些人，真是倒霉透了，她等一下要去寺廟拜一拜佛祖，保佑保佑。

陶如意想跟田石櫃打探小落子的消息，可是不知怎麼開口好。

倒是李承元發現她欲言又止的樣子，就問：「姑娘，可是有什麼事情？」

陶如意輕施福禮說：「公子，我想跟田大哥打探點消息。」

田石櫃一聽是找他的，大方地說：「柳絮她姊姊，有什麼事妳問吧。」

柳絮搬了幾張木凳給他們三人坐下，茶壺、茶杯沒被摔碎，給他們沖了茶，寧哥兒和王小胖端過來給李承元和田石櫃喝。

陶如意覺得自己對眼前這位被稱作老大的男人完全沒有一點陌生感，彷彿認識了許久一樣。

她不怕他，很是奇怪。

而剛才那地痞流氓對著這個男人哈著三節腰呢，這男人應該比那些地痞流氓更算是惡漢了吧？他身上有那種不怒自威的氣勢。

陶如意不由在心裡做了仔細的分析。

「田大哥，你就叫我如意好了，我是想問問有沒有見過小落子這個人？」

田石櫃聽了這話，看了李承元一眼，李承元只是坐在那兒喝著茶。

「如意姑娘，我好久沒去上桐城了，跟小落子沒聯繫，所以沒辦法給妳消息了。」

陶如意一聽，心涼了一半，小落子都大半年沒來消息，朝政不穩，她有點擔憂。

李承元抿了一口茶，還真是香。

柳絮知道陶如意要問這個，便站在一邊聽著，一聽田石櫃這麼說，她跟陶如意一樣心涼。

柳絮說：「田大哥，你在上桐城人脈廣，能不能幫忙問問小落子的下落？」

田石櫃不知道自家老大怎麼想，他雖然大大咧咧，但在一些大是大非面前，他還是得琢磨琢磨能不能回答，別到時候給老大說教了。

田石櫃硬著頭皮說：「柳絮姑娘，我……我幫妳打探一下吧，但不敢保證一定能做到，畢竟離開那邊幾年了。」

柳絮笑著說：「田大哥，那就麻煩了，你能幫忙就最好了。」

李承元起身說：「謝謝姑娘的好茶，我們該回去了。」

就這麼清清冷冷的話，更是讓陶如意無措。

她也只能站起來說：「再次感謝兩位的相助，等有機會再給我請杯茶、吃個餅，以表謝意。」

田石櫃一聽有吃的，直說：「那好，那好，妳賣的東西倒真是好吃，那次我在妳這兒可是吃了四、五碗豆花呢。」他也記起眼前這位姑娘了，在安隆街大雪天賣豆花的那位。

柳絮說：「田大哥，你可以去安隆街的念家鋪，那兒有賣我姊姊做的糕餅，很是美味。」

李承元想不到人家把買賣做得如此大，在縣城的鬧市也有了一席之地，這女人不可小看啊。去年看到時可是辛苦地在大雪紛飛中賣豆花，整個人都抖抖索索的，他看不過去才偷偷塞了銀票，莫非是自己那張銀票幫了人家？

田石櫃笑呵呵。「那好，那好，我這幾天就去嚐嚐看。」

李承元已先走遠了幾步，田石櫃對著她們點點頭就跑去找李承元了。

破碎的東西已收拾好，陶如意點了點，今天的買賣還真是白費了。

柳絮跟徐娘在一旁說著話，徐娘把剛才發生的事說給了柳絮聽，柳絮聽完後還真有點後怕。

徐娘說：「還真是多虧了那兩人及時到來，要不然如意都不知道怎麼辦了，那些官差真是不可靠。」來這兒擺攤也得交一點保護費，他們收了卻不做事，太黑了。

陶如意已經平復了心情，覺得這個端午節過得有點起起落落。

她在安隆街擺了幾個月的攤都相安無事，還得了一些人的幫助；今天才來這裡做買賣就招惹了地痞，白辛苦這兩日的活，器具和爐灶都毀了，她們得再去買了。

她以為剛才能問出一些消息來，結果卻是沒有。

這樣無果的氛圍，讓人莫名不安啊⋯⋯

幾人收拾了一番，正準備回去時，蘇清急急忙忙的跑了過來。「乾娘、如意，這是？」

他剛才在茶樓跟朋友聊著事，無意中聽到吃客在說雙頭江邊九里廣場發生了事情，他們還挺詳細的說了一番，說到那棵年久的榕樹，蘇清便覺得不妙，急匆匆跟朋友告別就跑了過來，一見這邊滿地狼藉，他的心不由得愧疚，要是他沒有離開就好了。

陶如意道：「蘇大哥，我們回家再說吧，此地不宜久留。」

第十四章

蘇清去叫了輛牛車來，跟她們一起先把東西都搬回去，看這情況，明天是沒辦法來擺攤了。

陶如意心裡卻有了另外的打算，實在不行就提著菜籃沿著江邊叫賣，反正今日都成了這樣，那就破罐子破摔好了，沒必要去顧及臉面。

賺錢才是硬道理，小落子一段時間沒有消息，陶如意越來越擔憂。

箱底的那張銀票，是不是該拿出來備用了？

蘇清見陶如意憂心忡忡的，以為是今天遇到這樣的事情受驚了。

「如意，妳沒什麼事吧？不要想太多，都過去了。」蘇清安慰幾句，他雖是個秀才，說話卻不油嘴滑舌。

陶如意搖搖頭說：「大哥，我沒事。」

「今日是大哥我沒照顧周到。」蘇清很是自責。

「別這麼說，這事要來自然會來，我們完全避免不了。」在市井來往久了，總會遇到一些欺行霸市的事，如果能躲過就好了，無奈這世道不可能讓百姓們好好過的啊！

橫行霸道的羅史吉連官差見了都躲開不理，他們這些平民百姓還能怎麼樣？幾人回到家，柳絮給徐娘搽點藥後讓她休息一下，徐娘剛才也是怕得很，雙手都在發抖。

柳絮見陶如意的胳膊紅腫一片，很是生氣。「姊姊，他們太狠了，我詛咒他們不得好死。」

陶如意笑了笑，壞人能因為詛咒而不得好死那就好了，可是他們卻反而活得更加肆意妄為，繼續蹂躪著別人的命運。

就如那個范輔相，還有顧上元和范卿蓉，如今依然過得逍遙自在，哪像她只是卑微的躲在白家村，為了一日三餐而奔波著，而自己的爹娘還在牢裡受苦。

什麼時候是個頭都不知道。

陶如意覺得有點心累了。

這幾年來，在白家村得到柳絮一家人的幫助，終於能起了勁去做買賣，就算風雨交加，她都一如既往地把那兩桶做好的豆花賣了，還要想著法子吸引多點客人，她拋頭露面的唱著曲兒，有一次都差點把喉嚨給唱啞了。

她只想把日子過好，對得起爹娘和祖母的囑咐，可是，世上還是有些人一次一次地來打擊你。

「姊姊，田大哥會幫我們找到小落子的，妳不用擔心。」柳絮見自家姊姊臉色不好，應該是想起老爺和夫人了。

「嗯，他想要找個人帶個話是容易的事情，就怕他無心幫我們。」陶如意顧慮太多。

「不會的，上次小落子一找他，他馬上就去辦了，我們要答謝他，他都不讓呢。」柳絮很是了解一切似的。

這時，蘇清走進灶屋，見兩位妹妹說著話，他進也不是，退也不是。

「大哥，你跟寧哥兒他們等會兒，這就把飯做好。」

柳絮以為他們幾人餓了，要來找吃的。

蘇清去看了徐娘，徐娘把發生的事情一五一十告訴了他，如果沒有好人出現，陶如意可能就要被地痞抓走了。

羅史吉這人他有聽說過，喜歡吃藥粉，癖好不一般，見到好看的姑娘就要拉回去欺辱一番然後就棄了，周圍幾個村都不知道有多少戶人家受過他的欺負，但告衙門都沒用，他們已是官官相護了。

那位好心人說是柳絮認識的，他身為她們的大哥，是不是該當面去答謝一下？

「如意，大哥在想，我們是不是該找個機會去答謝那位出手相助的人？」蘇清把心中的想法說與陶如意聽，看看她有什麼意見。

陶如意也想這麼做，要不是他們，她早就成了那地痞的盤中餐了。

「可我們不知道他們住在哪兒，還不知道他們是什麼來歷呢。」只認得其中一位田大哥，兩次相遇瞧著那位田大哥應該是那個男人的手下吧。

聽田大哥叫他老大。

「這個我來打聽，應該很容易問到，連那個羅史吉都怕他，他在梅隴縣附近應該是有頭有臉的人物。」蘇清說。

陶如意覺得有道理。「那大哥就打聽一下吧！」

她不死心，還想找個機會好好問一下那個田大哥，她覺得人家好像有什麼事情在瞞著她。

田大哥幾年前就知道她是陶家人了，這其中的隱情他也會清楚點。

而在她問的時候，田大哥還去看了眼他家老大。

就因為這麼一眼，陶如意心裡更有了疑惑。

蘇清知道柳絮是在大興那邊認識那位出手相助的人，徐娘剛才說了，她聽到大興還有上桐城什麼的，這一切在他腦裡轉著，一時半會兒理不清頭緒了。

陶如意這個妹妹必定來路不簡單，她定是來自這兩個地方的其中一個，竟然千里迢迢來到白家村生活，還住在自己過日子都不容易的徐娘家裡。

蘇清沒有去問明白，就讓它順其自然吧。

他發誓定要好好保護自己的親人，絕不能再像今日這般，讓妹妹任人欺負了。

陶如意不知道蘇清有了各種疑惑和決心，把醃好的魚下油鍋煎炸一番，晚上沒有特意做什麼菜，簡單的煮了粥，配醃蘿蔔和炒蛋，煎幾條魚就當作一餐。

本來今天是端午節，就該做頓好點的飯菜慶祝慶祝，無奈發生了那樣的事情。兩個小孩也沒有說什麼，換做平常一定會吵著要姊姊做好吃的，現在他們倆的嘴都被養刁了。

徐娘讓陶如意不要慣著他們。

陶如意只是笑笑，做點好吃的也不算什麼，食材都是自家種的、養的，要不就是去河裡抓的、撈的，花不了幾個錢。

幾個人圍著吃飯，兩個小子靜靜地喝著粥，大人不說話，他們也不吭聲了。

徐娘開了口。「如意，妳採藥了嗎？我瞧著都腫了。」

想起那一幕，徐娘此時此刻還會心驚。

不知道那個羅史吉今天沒有得逞，以後會不會還來找茬？這不得不想辦法防著，地痞要是瘋起來，什麼事情都做得出來。

「徐娘，柳絮有給我搽藥，現在好多了，妳不用擔心。」陶如意回道。

陶如意的胳膊原先只是紅腫一片，到了第二天就瘀青一大塊，連拿點東西都拿不動了。

柳絮和徐娘勸她不要幹活了，好好休息一下。

本來打算提著籃子去江邊叫賣的，她這個樣子怕是做不來了。

幾天沒了買賣，心裡不是滋味。

做不了重活，那就做一些輕活，陶如意跟柳絮兩人就做針線活。

柳絮的手藝比陶如意好，準備繡點手帕和荷包拿去縣城賣。

色調和款式是陶如意設計出來的，兩人照著圖繡。

寧哥兒見陶如意畫畫，覺得好玩，也照貓畫虎的塗了幾張，大家一看倒也不錯，花花草草搭配得體。

蘇清看了也說寧哥兒畫得好。

兩人不停歇的熬了兩天，徐娘幫忙纏線什麼的，竟也繡了幾十條帕子和十個荷包。

以前陶如意在陶府時最不喜歡這些細活，本來大戶人家的女子總得學會女紅，為自己成親時做一套撐面的，陶如意都不知道給她娘親說了好幾回要專心點學，可她就是不當回事。

可是，她是個聰明人，跟著繡娘學了幾回，倒把精髓學到了。

這時候這門手藝就能用上了。

不過跟柳絮一比，還是略輸一籌。

「柳絮，妳繡得這麼好，定能賣個好價錢。」陶如意看著手中兩條手帕，一目了然。

「姊姊繡得也不錯。姊姊，我明天拿去賣，妳在家裡休息就好了。」柳絮把繡好的物品收拾好，心裡期望明天能順利賣掉。

「妳一個人行嗎？還是我跟著一起去吧？」陶如意有點不放心。

「如意，妳就讓柳絮一個人去就好了，妳的傷還沒好呢，再折騰了又不好。」徐娘在一旁挑著豆子說：「而且柳絮直接去找那個劉嫂介紹的店鋪就行了，如果店裡看上了我們的繡品，那就容易多了。」

陶如意和柳絮做這些刺繡時，徐娘就去村西找那位劉嫂，她見識廣，想讓她幫忙介紹個買家。徐娘跟她一說，她還真的答應了，馬上把縣城一家在收繡品的店鋪介紹給她。

如果這些繡品能讓那家店全要了，那就是天大的好事。

第二天，柳絮按約定的時間去了縣城，劉嫂也要去，柳絮順便搭了便車，不用走得那麼累。

一切進行得很順利，店鋪掌櫃看了她們的繡品，很是喜歡，全都買了下來。

這麼一來一回，柳絮一算賺了不少，店鋪掌櫃還問她還有沒有繡品，有的話就繼續賣給他們。柳絮說回去後跟家裡人商量一下，到時候過來給他一個答覆。

柳絮不想一下子就答應，畢竟她們主要是賣糕餅，賣刺繡是因為這些天無法幹重活才臨時做的，長久的話不太可能，但又想著自家小姐定不可能錯失賺錢的機會，所以她還是回去問了再做決定。

柳絮一回到家，把得到的錢放在大家面前，笑呵呵的說：「你們看，這就是那些繡品賺的錢喔！」

大家一看都笑了，辛苦幾天倒也值得。

徐娘高興的說：「等會兒我去村口的豬肉檔買點肉，給你們加菜。」

陶如意做主把賺的錢給了徐娘，讓她拿著當家用，畢竟那些器具被地痞摔壞了，還得再採購。

徐娘沒有推託，要買的東西挺多，沒有器具什麼也做不了。

蘇清前兩日拿了銀子放在她那裡，說是讓她去買灶爐、器具什麼的，如果直接跟陶如意說的話，她一定不會同意的。

徐娘當然也不會亂用，她對這些帳很是分明，該花就花，該省則省，她都幫蘇清存了好幾兩，而陶如意這邊也存了一些，到時候他們需要辦大事了，就拿出來還給他們。

徐娘早就把陶如意和蘇清當成了自家人，一家人就要互助扶持，前途定會有所期望的。

第十五章

李承元對著面前一起打牌的小子們沒有好臉色。

總是把好牌給他，這樣的玩法有什麼意思呢？

「你們要繼續玩就給我認真點，再這麼下去都給我滾遠點。」李承元瞪著眼對他們說。

田石櫃沒有參與，他早就知道老大的脾氣不好，想要混水摸魚是不可能的，倒不如就這樣拿包瓜子磕，看大家玩就好了，撈個閒心自在。

劉三刀和王二十他們真的太急於表現了，遲早會被老大記上一筆的。

李承元這麼一說，幾個陪著玩的心裡莫名一驚。

這牌要怎麼出啊？打也不是，不打也不是，都在互相推磨。

李承元實在看下去了，直接把牌甩在桌上。「不打了，你們都給我滾出去反省反省。」

劉三刀、王二十和張一水三人一陣心慌，把牌收拾好便低著頭走出房。

李承元有點煩躁，這幾天要辦的事沒個動靜，再拖下去怕是不好。

田石櫃倒了杯茶遞給他。「老大，喝口茶透透氣，可不能被那幾個小子氣著。」

李承元見誰都是厭倦。「你呢？讓你問的情況怎麼樣了？看你坐在那裡嗑瓜子看戲，很清閒？」

「老大，您不知道我在外頭跑得有多累啊，這不才有些空坐下來喘口氣。」該叫苦連天的時候，田石櫃做得很入戲，外頭偷聽的三人心裡都笑了，太不要臉了，臉皮厚的跟城牆一樣。

「看你前天在那兩個姑娘面前很得瑟呢，前一句大哥、後一句大哥叫著你，你聽著很是滿足啊。」李承元淡淡的說。

「老大，哪有啊？這不是遇到認識的，說說場面話罷了。」田石櫃笑笑說。

「人家託你辦事，你姿態挺高的。」李承元撣了撣手上本不存在的灰塵說：「你學得挺到位的，我是該高興，還是該提醒你做人的道理呢？」

外頭幾人一聽這話，心裡都偷著樂。

老大英明神武，這話說得好，鼓掌鼓掌。

田石櫃額頭的汗珠如豆，他就知道那天沒那麼簡單就能糊弄過去，所以當時還去看了老大一眼，看他有沒有給個指示，可是他接收不到信號啊！

「老大，我做得不好您就說，我下次一定改。」田石櫃知道馬上承認錯誤，就能少點訓。

李承元不想說話了，站起身準備出去。外頭偷聽的三人急忙往邊上的房間躲去，若再被老大發現偷聽，麻煩就更大了。

雖然他們在世人眼裡不是善人，但在老大英明的領導下，做事光明磊落，絕不是偷偷摸摸、見不得人的。

田石櫃追了過來說：「老大，我有一事要向您匯報。」

一個籠子掛在走廊的圍欄上方，裡頭一隻紅黃綠相間的鳥看到主人來看牠，嘰嘰喳喳叫著。

李承元拿了點飼料放在小盤子裡給牠吃。

「說吧，什麼事。」李承元道。

「那個羅史吉讓人送了東西來。」田石櫃從衣袖裡拿出一個荷包，遞給李承元。

「他說是要孝敬老大您的。」

李承元拿過來看都不看，一個揚手，直接把荷包往上一拋，掛在了圍欄上。「他的東西值得到我這裡嗎？田石櫃，你跟了我這麼久，還不知道我的脾氣？我還真是高看你了。」

田石櫃看著那個袋子，十分心疼。

裡頭可是好大一筆的銀票，足夠買個大院子呢。

李承元看著田石櫃那雙直盯著荷包的眼睛，更加生氣。「田石櫃，看來不教訓一下，你是不會長記性了。」

田石櫃忙道：「老大，就算他這人上不了檯面，我們也不該跟銀子作對吧？我們收起來拿給那些老弱病殘不好嗎？」

聲音有點大，因此躲在屋裡的三人聽得見，均給田石櫃豎起大拇指。想不到你敢頂老大的嘴，我們佩服得五體投地。

李承元抬眸看向田石櫃，冷冷的說：「你覺得我們缺這點銀子嗎？」

田石櫃懵了。

今天的老大真的不一樣，一點都不好惹啊！

往常那些地痞流氓有什麼進貢上來的東西，老大不過問，但也不會說不要，直接讓他們收下，拿去幫助那些困苦的百姓們。

老大曾經說過——「那些人得來的錢財還不是占了平民百姓的，我們只不過幫忙還回去而已。」拿人家錢財是有理有據的，誰也沒有越線，那些受苦受難的人，他們一分一毫都不會去搶占。

羅史吉這次送來的很有心，他瞄過，足足一千兩。

「老大，我不是那個意思，可是這筆銀子挺實在……」

「我說的你還敢回拒，看來是吃了熊心豹子膽了，田石櫃，你也該跟他們一樣去反省反省。」李承元說道。

「老大，我……」

「田石櫃，那點錢太髒了，我們不需要。我告訴你，這屋裡隨便一件東西，都比那張銀票好。」李承元還是選擇把話說明白，免得他這個一條筋的手下還不知道怎麼回事。

「還有，你去找王良平，把那封信給那個姑娘送去。」李承元交代完就往大院子外走去，他要去見人，跟對方約在安隆街的酒肆。

田石櫃拿下掛在圍欄上方的荷包，他不僅要退回去，還要把匪九揍一頓，害他給老大訓了。

王良平從上桐城回來比他們還晚，說是今日才到梅隴縣。

小落子要給陶姑娘的那封信，老大讓王良平接收了。

田石櫃不明白老大為什麼要這麼做，只是聽說王良平的兒子寄住在陶姑娘那兒，還在那邊讀書。

如果他帶回去倒也合情合理，只是他怎麼會認識小落子這事，就要好好的去圓一遍了。

劉三刀、王二十和張一水見自家老大出去了，就從偏屋走了出來，你一句我一句說了田石櫃。

「田老弟，你行啊，竟然敢跟老大頂嘴，真是看不出來你這麼膽大。」

「你這個小子，我劉三刀不敢說的，你倒敢說了。」

「不錯、不錯，我張一水大開眼界了。」

田石櫃一聽，知道剛才的事他們都聽到了。「你們也不賴，老大叫你們反省，你們倒躲一邊偷聽老大說話。」

那三人不約而同的往拱門處瞄了一眼。

還好老大早已離開，不見蹤影。

田石櫃發現，老大這次出去辦事沒有帶他一起去。

平常都是他跟在身邊，有什麼他就伺候好，這麼多年早已清楚老大的一舉一動。如果連他生氣了都不清楚的話，那枉費自己跟了這麼些年了。

前日在雙頭江發生的事情，他想了想，想不到自己哪裡做錯；該請示的也請示了，他們出頭幫了柳絜一家，這是做好事啊。

他們離開後，老大還讚了他一句。「田石櫃，口齒伶俐多了，察言觀色也到位了。」

當時他聽了還樂滋滋的，笑呵呵去念家鋪買了一包糕餅，拿回來跟兄弟幾個一起享用。

可剛剛老大的臉色不太好，皺著眉頭，雙唇緊抿，這說明他有點煩躁。

其實老大很少出現這樣的神情，他通常是那副皮笑肉不笑的神祕感，讓人很難猜透。

他記得去年在陶姑娘的攤位吃了幾碗豆花，老大盯了陶姑娘一會兒，那時他還想得很遠，覺得老大是不是該娶媳婦了啊？

可前日見了陶姑娘，老大好像沒什麼不尋常，寥寥幾句就走開了，也沒給那個陶姑娘一個溫柔的眼神。

其實在羅史吉欺負人家的時候，他們在雙頭江畔邊溜了一圈，原先不知道是柳絮她們，本想有衙役在會去管一管，誰知他們都躲得遠遠的像是局外人一般。老大發現了，實在看不過去，才讓他出手幫忙。

羅史吉在東山村乃至梅隴縣周圍胡作非為慣了，一點都不怕衙役、官府，仗著那個不算親的親戚當了美人就肆意妄為。

不過這梅隴縣的縣令太沒有見識了，美人有多大能耐？他都懷疑那個美人認不認識羅史吉呢。

縣令卻給羅史吉扣了個大貴人的名號。

田石櫃覺得好笑，大貴人哪是這樣的？

不過羅史吉挺會見風使舵的，見到他家老大就不敢放肆了，想來應該是聽到了什麼吧？

這不，今日就讓他的跟班匣九來找他走個後門，塞了一個荷包。田石櫃什麼場面沒見過，當然知道這走的是什麼棋。

「田老兄，您就幫幫忙在李爺面前說幾句好話，我家爺往後定會記得您的恩情的。」

匣九說得很是誠懇，但田石櫃聽慣了這樣阿諛奉承的話，不覺得有什麼美妙之處啊。

田石櫃也不是省油的燈。

「你放心，你家爺的好意，我一定會帶到，但是回去跟你爺說一句，少在外面做些低俗的事，這可是大大負了他羅家的臉面啊！」

匣九低頭哈腰。

「是是是，感謝田老兄提醒得多，我會好好跟我家爺說說的。」

田石櫃再次提醒。

「前日擺攤的姑娘家可是我們認識的，往後可不能再做那等事，要是讓我知道了，匣九，你清楚會有什麼樣的下場吧？」

「是是是，我會跟下面的人說的，田老兄大可放心，您的朋友也就是我們的朋友，我們會照顧好的。」

田石櫃讓匣九回去了，再多說兩句他都覺得自己也變得低賤了。

老大帶領他們也是不簡單，有時會使一些手段，但做羅史吉那些見不得人的壞事，欺軟怕硬的人，都不是好東西。

要不然剛才把荷包交給老大後，老大也不會連拆都不拆，直接甩掉。

老大都嫌棄那銀票髒了，他還能說什麼，凡事該與不該得有個分寸。

劉三刀嘲笑他今天膽兒肥了，敢跟老大極力辯駁，事實上平常跟老大一起行走江湖，有什麼疑惑，彼此間都可以說開，劉三刀他們也是如此，只不過今天就是想乘機嘲諷他幾句罷了。

老大雖然外表凶，卻是能明辨是非的人，絕不做苟且之事。

田石櫃還是遵從李承元的交代，氣急敗壞的去找匣九，一見面就劈頭蓋臉的給了匣九一頓訓。

「這些東西拿回去，以後少來給我找麻煩。」

匣九都懵了，是不是他家爺送的銀子不夠，入不了那位李莊主的眼了？

「田老兄，這是？」

匣九看著田石櫃那生氣的樣子，暗暗叫苦，本想把另一小份碎銀偷偷藏起來占為己有，看來還是拿出來送給這位吧。

他小心翼翼的從袖子裡拿出十兩銀子，遞給田石櫃，低聲說道：「田老兄，這是孝敬您的，您就收下，我也好去交差啊。」

田石櫃看了這一幕，心下了然，這人是要收買他。「我可不敢收，你把這些也一併拿回去吧，我們老大不缺你們這些。」說完頭也不回就走了，這羅史吉的手下也不過如此，偷偷幹的事真是上不了檯面。

李承元回到房間後，換了一身灰色長衫，整理好了就出門了。

院外有一輛馬車在等著，他上了馬車，靠在車輿邊上，閉上眼沈思。

院裡那幾個傢伙現在應該圍在一起你一句、我一句的聊著，他當然知道劉三刀他們躲在偏屋偷聽，真是越來越沒有規矩了。

正值酷暑，李承元坐在馬車上都覺得熱，撩開車簾向外看，距離安隆街還有一段路。

他才從上桐城回來不久，又遇到了她。

大半年來遇見兩次，還真是奇怪。

想不到她的買賣生意做得挺好的。

念家鋪賣的糕點他試過，色香味俱佳。

一個大小姐能做到這一步，算是適應力很強了。

當年救她是出自於好心，剛好在崗頭山下遇到遍體鱗傷的她，李承元於心不忍，且也知道陶家發生的事情，那個顧上元本就不是什麼好東西，一起跟范家狼狽為奸，再適合不過了。

大興發生了什麼，他是一清二楚的，他不想去摻和。他在這裡活得逍遙自在，何樂而不為呢？

那時要不是父親叫他回去，他根本不願踏入大興一步，哪知道如今又去了一回。

朝政動盪，他的父親操碎了心，本都退居下來還這麼折騰，李承元很是無奈。

范輔相看著雄心勃勃，竟然還敢去勾結匈奴，這簡直是大逆不道。

崗頭山本就是大津與外界的重要邊境，誰都不能侵入，一旦被攻略，那大津麻煩就大了。

范輔相無視大津的生死，為了自己的慾望，找了個理由把崗頭山上那支強兵猛將調到別處，這不是在給外敵一個趁虛而入的機會嗎？

這大半年來，李承元在上桐城跟著大軍維護大津的安全；他在雄鷹衛裡佯裝成一名衛士，誰都不知道他的底細。

處理好那邊的事務，直接把收尾丟給父親去安排，他就回來了梅隴縣，哪知道還沒清閒幾日，又有人來找他，還不去他的大院裡，要約在安隆街的一個酒肆，說是要不醉不歸。

李承元眉頭微蹙。

昨晚看地圖到深夜，睡不到一個半時辰，一大早起來練練拳頭，舒展一下筋骨，這已是他二十多年來雷打不動的習慣。

劉三刀、王二十和張一水笑著往前湊，要跟他一道打打牌，李承元見娛樂一下也可，就跟著他們三人打一回。

誰知道他這些手下竟是在給他「打馬虎眼」。

他沒有這樣的嗜好，該如何就如何，跟了他這麼久還不知道，不好好教訓他們一下，那他的「凌風山莊」豈不是太鬆懈了？

馬車停了下來，車夫撩起布簾，恭敬地道：「李爺，到一醉休了。」

李承元睜開眼，抬起眸，點點頭，整了整長袖，下了馬車。

一醉休的酒香已是撲鼻而來，香氣四溢。

第十六章

一醉休在梅隴縣附近算是數一數二的酒肆，能在此處消費的，都是高門大戶人家。

葉時然把他約到此處，也算是找對地方，這裡比較隱蔽，且少了閒雜人等。

而一醉休的幕後老闆，也跟他們都熟悉，所以他們談話更加方便了。

酒肆掌櫃一見李承元下了馬車，立刻迎了過來。「李莊主來了？快請快請。」

李承元點點頭，跨步就往為他們準備好的雅間走去。

葉時然已在裡面等候多時，反正這些日子他清閒自在得很。而李承元可是沒日沒夜研究著文案，看葉時然那副模樣，心裡有點堵，他這是自己給自己找罪受了。

「李老弟，你可算到了，我等了半天，還以為你不赴約呢！」葉時然站起身作揖道。

李承元也回了個揖。

「葉千戶的約，怎麼會不到呢？」李承元淡淡回道。

他自顧自的看了四周，雅間裡的擺設倒也雅致，一幅山水畫掛在南向的牆上，給這裡增添了一點文雅。

過了一會兒，兩人面對面坐了下來，葉時然給李承元倒了香酒，味兒正濃。

酒肆的掌櫃早已出去，順手把雅間的門關上。

「這千戶的名銜我可不敢當，你明知內情還要如此稱道，可要罰李老弟三杯酒。」葉時然抬了抬下巴，示意他把酒喝了。

李承元也是爽快之人，一口氣就喝完三杯。

桌上已經擺放好四盤菜餚，加上一盤炒得脆香的花生米。

李承元用筷子挾了花生米吃下，口齒留香。

「葉兄本應當千戶這名銜的，你我心知肚明，今日葉兄這麼急著叫我來，可是有什麼好消息要告知與我聽？」李承元笑吟吟的說。

千戶的名銜去年還是葉時然的，今年春末就讓范輔相以一個不知所謂的理由給卸了。

「難道請你來喝個酒都不行了？」

「那也不是，所謂無事不登三寶殿，葉兄有什麼事直說吧！」李承元不喜歡兜兜轉轉，兩人都知己知彼，不必說什麼客套話。

「我接到密報，這次崗頭山邊境之戰，你可是出了不少力，葉某甚是佩服，只怪我不能跟著一道上陣殺敵。」

「看來葉兄是要跟我閒聊幾句了，說起來你也不賴啊，這裡有細作被發現，葉兄你可是大功勞啊。」

「還不是你給我提的醒，要不然也不會那麼快發現。」葉時然乾了杯酒。「這裡的酒真是好，香醇入心啊！」

一個千戶將軍能文能武，葉時然做得很到位。

李承元很清楚，葉時然是當今聖上的心腹，無奈局勢不妙，總得暫時懸空著。

「葉兄怎就知道是我做的，我可是在千里之外的上桐城，這裡的情況我可不曉得，難道我長了三頭六臂不成？」李承元雲淡風輕地道。

葉時然給李承元面前的酒杯斟滿酒，李承元自然的端起酒杯啜了口。「的確，一醉休的酒名不虛傳啊！」

他將杯子放下，看了坐在對面的葉時然一眼，說道：「把匈奴的細作滅了是件好事，要不然大津將會招來難以言喻的後果。葉兄不愧是千戶，我可是從來很佩服像你這樣的能人。」

葉時然心裡清楚，那時候給他的提醒，是對面這位凌風山莊的莊主派人過來跟他說的。迎松客棧這狼窩已經存在一、兩年了，李承元說得對，不早點剷除，後果不堪設想。

敵方已經收集了好些情報，在迎松客棧的地下還打了一條暗道，裡面機關重重，接收了來自各方的祕密，如果他們成功發送出去的話，大津的邊防輕而易舉就能被攻下，因為朝廷裡的重臣底細大都掌握在他們手裡。

葉時然想到這裡，不由得輕嘆一聲。「李莊主真是厲害，見識廣，能人多……」

「好了，不說這些虛話了，你什麼時候回大興啊？那位還不打算叫你回去？」李承元低聲問道。

「還不是時候。對了，陶大將軍有什麼消息了嗎？」這是葉時然最想問的。

「陶大將軍還在大興的牢裡，不過應該不用太久就能出來了。」他的女兒聽到這消息，應該會高興得很。

葉時然激動的說：「真的嗎？」

李承元抬眸看他那喜悅的模樣，心裡不得勁，但還是點點頭回應他。

「陶大將軍受苦三、四年了，終於能撥開雲霧見光明了，這應該也是多虧了安順王的鼎力幫助啊！」

李承元沒有說話，忠心的重臣安順王絕不會看著不管的。

葉時然以前算是在陶大將軍門下出師的，對這位老師當然掛心著，當年發生了事情，葉時然曾經為陶大將軍說話，也正因為這樣，成了范輔相的眼中釘，有事沒事給他找茬。

「陶大將軍一生為我們大津付出那麼多，竟然招奸人所害，真是老天不公啊！」葉時然感嘆不已。

說起來許多忠臣都不明不白的被陷害入獄或是被抄家，當年的大津一片哀怨，范國全為了自己的利益，無視大津之安穩，還讓自己的女兒入宮，搗亂後宮，讓聖上時清醒，時迷糊，這本該是天理不容的大罪，無奈大權在他手裡，如今都沒人敢跟他對抗，這次崗頭山的戰亂，要不是有安順王出來阻止，大津國怕要遭殃了。

而這所有的祕密，也只有李承元和葉時然這方清楚，大津的重兵大權被范國全所掌握，一時無法討伐此大逆不道之人。

一醉休離迎松客棧不遠，從二樓的雅間窗戶眺望也看得到。從李承元這邊的位置看得清楚，迎松客棧如今是大門緊閉，地下通道已被葉時然派人處理得乾乾淨淨，什麼情報、文件，李承元手裡也有一份。

敵方倒也煞費苦心，當然這其中定有大津這邊的人幫忙。

「葉兄，你可有查到叛逆之人？」李承元問道。

「你給的名單上的人或多或少都跟著同流合污，但最大頭的那位，我不說白你也是清楚的。」

李承元靜靜聽著，手指輕輕地敲打著桌面，似是在沈思。

葉時然仔細看著眼前之人，那眉眼、那氣質，一絲不羈，威而不悍，做起事來凶狠迅速，乾淨俐落。兩人認識多年，他是第一次這麼好好的欣賞著。

想著想著，他不由得笑了。「李莊主，你到如今怎麼還不娶親呢？」

李承元被他這麼一句話給斷了思緒。「葉兄不也沒娶親？我可不急。」

國不定，家怎麼能定啊！

「我還不是因為漂泊不定，怕娶了親無法給人家姑娘一個穩定的家。」葉時然扶額嘆氣。「你父親沒有催嗎？」他自己就頭大了，家裡的老母親一見到他就念經似的催他快找個姑娘成親，要不然她等不到抱孫子的時候了。

「彼此彼此。」李承元淡淡的說。

他可沒有去想這個問題，而他那位父親自己都自顧不暇，哪有工夫來催他？

另一頭，白家村後山前的田地上，陶如意和柳絮幾人拿著鋤頭劈地鬆土，準備撒種子。

寧哥兒和王小胖兩人也揮動著小鏟子，把種子埋入土壤。

王小胖挖到了一條毛毛蟲，惡作劇的拿在手裡，在寧哥兒面前晃。

寧哥兒一不注意，嚇得跳了起來。

「王小胖，你這是做什麼？看我怎麼收拾你！」兩人你追我趕，一刻不歇。

柳絮喊住他們。「好了，你們是來幹活的，不是來玩的。你們不把這一排做好，如意姊姊就不給你們做好吃的。」

一聽這話，兩人不約而同都定住了。

寧哥兒低聲對王小胖說：「你給我等著，下次讓你好看。」

王小胖只是做鬼臉吐舌頭，笑著走開了。

自從王良平鄭重其事的把兒子放在徐娘這兒後，王小胖跟她們一起過得很開心，人變得勤快，話也多了，笑容變得燦爛了。

王良平剛開始有來看過一回，對這樣的變化很滿意，硬是要多給徐娘銀子，徐娘不要，說王小胖跟寧哥兒作伴，時不時還幫忙幹活，這都不知道是多好的事呢。

如今兩個小子在長身子，陶如意和徐娘做飯給他們吃，必定料足味美，所以說句誇張的話——幾日不注意，兩個孩子就如雨後春筍般長大了。

陶如意想了想，王良平好像一段時間沒來了，連王小胖的娘都沒來過，他們還真是放心自己的兒子放在她這裡。

或許是生意忙，沒空來看望吧？

說實在的，她們一點都沒有虧待王小胖，跟寧哥兒一樣養著，甚至有時候還比較照顧他呢。

而且聽蘇大哥說王小胖進步了很多，比其他人都要容易教。

自從端午節擺的攤子被毀了後，陶如意想了其他辦法，繡了些帕子、荷包去賣，想不到繡品在市場上挺搶手，店家還催著要貨，她和柳絮兩人顧不上來，就跟劉嫂說能不能在村裡找幾個繡工不錯的婦人，一起把貨趕給人家，圖案就由陶如意設計，照著圖案繡就行。

沒半天時間，劉嫂就找來了三個刺繡不錯的村婦，一切都進展順利，陶如意跟她們說了一下情況，還把彼此的價格都定好，免得到時候說不清。

現在有人幫忙繡，陶如意她們就賺得少了，但是這樣也好，她們至少不會那麼辛苦。

陶如意的胳膊好多了，能幹重活了，今天就跟大家一起來地裡種黃豆和一些菜。

大夏天的，每個人都汗流浹背。

徐娘提著籃子過來給他們送綠豆湯和豆餅，還有一壺茶水。

大大小小幾個人幹活很累，何況是在這樣的天氣裡。

徐娘把籃子放下，喊道：「你們快過來喝點水！」

寧哥兒和王小胖一聽到徐娘的聲音，急忙把工具放下，跑了過來。

陶如意和柳絮把收尾做好，才放下活兒去休息。

徐娘先給他們每個人都倒了水喝，又給他們盛好綠豆湯，好大熱天的解解暑。

剛好有一棵大樹在田地邊，他們走過去直接坐下來休息。

做了一個上午，很是累人。

兩個小子幫著幹了很多活，一坐下來就喘著大氣，用袖子擦拭額頭上的汗珠。

「徐娘，妳下午就不要再送來了，我們忙得差不多了。」陶如意喝了綠豆湯後說。

「也好，我不回去了，就留下來一起把地裡的活幹完。」徐娘笑笑說。

他們都忙了兩、三天了，終於要收拾好了。

陶如意執意讓徐娘回去，徐娘不聽，還幫忙去挑了幾擔水，這樣不用到晚上就能把活兒都做完了。

幾人各自提著工具什麼的回家，兩個小子就揹著一些乾草回去燒火用。

柳絮笑呵呵說：「娘、姊姊，再過兩個月我們就等收成了。」

大家都盼望著大豐收。

徐娘想起了什麼，對陶如意說：「如意，劉嫂早上過來有事找妳，我就說妳來地裡了，她就把收到的錢放我這裡，回去再拿給妳。」

柳絮聽了很開心。「姊姊，想不到那個繡品賣得好，還讓村裡的婦人有所收入，姊姊這辦法不錯。」

陶如意嘴角上揚，這樣自己能賺幾分就賺幾分，也能幫上別人，兩全其美。

徐娘說：「如意的主意就是多，我們的日子會有盼頭的。」如果陶家能順順利利的團圓，那就更好了。

可是到現在一點消息都沒有，徐娘也為陶如意擔憂著，這麼多年的辛苦，還不是為了老爺和夫人能平安回來。

怪就怪那些小人，竟對陶家下如此狠手。

陶如意說：「徐娘說得對，我們的日子會越來越好的，只要大家齊心協力，什麼都不是難事。」

一聽這話，大家都充滿了幹勁，原先在地裡幹活的疲痛，似是漸漸消失了。

寧哥兒和王小胖兩人邊走邊撒歡兒，剛剛姊姊說了回去要給他們做一道麻辣雞肉絲，讓他們解解饞。

昨天徐娘殺了一隻雞，說要熬點雞湯給蘇清補補，他現在忙著準備下次的考試，又要教十幾個孩子，挺費神的。

殺的雞熬了湯，雞肉留下來，陶如意拿來給大家做菜。

陶如意不得不再次感謝蘇清送給她的那一本《蘇家食譜》，這本食譜對她來說十分重要，別人看了學不到的東西，她卻是廚藝突飛猛進。

她跟蘇清說了這件奇異之事，蘇清也不知道緣故，一直說是跟她有緣。

第十七章

李承元和葉時然兩人在一醉休談事、喝小酒，直說了兩、三個時辰，兩餐併一餐地一起用了膳。

兩人也許久沒碰面了，所以許多問題都在這次討論清楚。

「李老弟自從做了淩風山莊莊主後，就忙得不可開交了啊！」葉時然笑說。

在李承元的帶領下，淩風山莊如今是風生水起，連地方上的地痞、官府都不敢冒犯，雖然這裡頭也有其他緣故。

「還不是那樣，就為了混口飯吃。」李承元冷著一張臉，吐出了幾個字。

葉時然已經習慣他這一副自以為是的樣子，沒去多加計較。

「希望我們大津能早日安穩，我們就相伴去看看這大江南北，想想多好啊！」葉時然不由得笑開了，他雖身為將領，但也喜歡遊山玩水、吟詩作對。

李承元可沒有他這樣的幻想。「我可不想去做這些費力費神的事。」

「你啊，就是一個不識趣的人。」

兩人就這樣你一句、我一句的聊著，不一會兒，雅間的門被人敲響。

「葉公子，您家家僕來找您了。」一聲音是一醉休的掌櫃。

葉時然聽了，緊蹙眉頭。「你瞧瞧，母親來催我回去了。」

李承元往窗外看了看天色，淡淡一笑。「我們在這裡也很久了，該回去了，可不能讓老夫人擔心。」

「我可還想跟你再乾三大杯的。」

葉家家僕都找來了，可見葉家老夫人是多麼操心自己的兒子，李承元起身跟葉時然話別，他今天喝了太多酒，得回去好好睡一覺。

馬車在一醉休門口等候著，上了車，整個身子都鬆懈下來，看來真的有點醉了。

大街上少了晨時的喧鬧，但也是有叫賣聲、嬉鬧聲……

這樣的情景看著很平靜，但暗地裡如何，誰也無法預料。

所謂家賊難防，就算外敵來犯，驅趕走了，但是內患不除，也是難以想像的。

剛才葉時然無意間問起了陶大將軍女兒的事，葉時然這幾年也在尋覓中，當年陶如意被害，葉時然是知曉的，無奈被發配到偏遠的地方，無法及時相救，只能眼睜睜的看著她被人下毒手。

後來幾番打探，陶大將軍竟然給他消息說陶如意尚在人世，葉時然聽了很是高興，可是尋了這麼久還沒找到她，心裡難免有些失落。

李承元沒有告訴他，陶如意遠在天邊，近在眼前，就在白家村。

他也不明白自己為什麼不把真相告知葉時然，當年就是他救了瀕死的陶如意，後來還讓人去教訓一下那個顧上元，如今跟范輔相的女兒也有了嫌隙。

葉時然低落的神情讓李承元很不舒服，葉時然還說了個以前似真似假的約定。「陶大將軍本想把他的女兒許配給我，我當時都不敢答應……如果現在能找到她，我一定如約而至……」

就因為聽了這話，李承元臨到嘴邊的實情就閉口不說了。

車廂有點狹窄，李承元醉醺醺的，有點透不過氣來。

他揉了揉太陽穴，讓自己緩一緩。

把田地的活做完後，第二天，陶如意和柳絮一起來了安隆街逛逛，順便拿了些做好的糕點給念家鋪，在鋪裡還遇到了年老闆，跟他聊了會兒，年老闆還跟她討要炸魚丸，說他家人都饞著呢。

陶如意答應過兩日做好了給他送來。

她們這次來大街上打算買點菜種子，那塊地還剩下一些空的地方，可以種菜什麼的。

種菜的話，以後可以自己吃，多的還可以拿到市場去賣，也是不錯的法子。

蘇清幫她問到了田石櫃住在哪裡，陶如意想著今日出來，那就順便去找他答謝一下。

她沒有買什麼貴重禮品，只是做了一些比較精緻的糕點送給人家。

本來蘇清要跟著一塊兒來道謝，誰知出門時剛好有往日的好同窗來找他商量事情，陶如意知道了就沒讓他來，讓他去陪陪同窗，畢竟再過大半年就要參加考試，怎麼都要為之努力一番啊！

她們抵達凌風山莊時已過了晌午，這地方還真不好找，問了好些路人才找到。

這莊院看著氣派，但又不奢華，牌匾上寫著「凌風山莊」，瞧著入木三分，應該是有名的先生題的。

柳絮上前跟閽人說要找田大哥，誰知得到對方早早出門去了還沒回來的答案。

陶如意和柳絮只好在大門口等著。

閽人看著兩個姑娘提著食盒在大門口站著，沒有過來趕人走，人家願意等就讓她們等。

陶如意想著這些連惡霸都要怕的人，在這時候卻是規規矩矩的，一點都看不出來他們的凶惡之處。

柳絮低聲跟陶如意說：「姊姊，想不到田大哥住在這麼氣派的地方，當年小落子曾跟我說過他是有頭有臉的人物，沒想到還真是如此。」

「這人很難看透的，別以為那些穿得破破爛爛的就是乞丐，其實不然的。」陶如意笑笑說。

另一頭，田石櫃不知道兩個姑娘正在討論他，辦完老大交代的事情後就吊兒郎當的往凌風山莊走。

老大今天真的很奇怪，一整天都不用他跟著伺候，他一時還真的不習慣。

他安慰自己，老大應該是去辦什麼不能讓人知曉的私事，所以才不需要他的。

一個轉彎就到了凌風山莊的大門口，田石櫃看到不遠處有兩個姑娘站著，一時看不清是誰，反而是那兩個姑娘朝他招手。

「田大哥、田大哥——」聲音倒也響亮，田石櫃聽著聽著，記起這不就是那個叫柳絮的姑娘嗎？另一個應該是陶姑娘了。

這是怎麼回事，都找上門來了？

他該如何是好？田石櫃有點無措，前幾日那樣做，今早就被老大說成那樣，他已經有點招架不住了。

柳絮往前走去，朝走來的田石櫃福了福身。「田大哥，你可算回來了，我和姊姊在這裡等候多時了呢。」

田石櫃看看四周，笑笑說：「我出去辦點事，這才回來，妳們這是怎麼了？」

凌風山莊旁邊有一間小茶坊，田石櫃讓陶如意和柳絮一起過去那邊坐坐，畢竟堵在凌風山莊大門口也不好說話。

她們這麼興師動眾的來找他，定有什麼要事吧？

她們都來了，難道能拒絕不管嗎？要是讓老大知道了，還不知道要說什麼了。

田石櫃覺得自己簡直是左右為難啊！

小二送上一壺茶，三人坐了下來。

陶如意開了口。「田大哥，這是我們做的糕點，拿來給你嚐嚐看。」

柳絮笑呵呵說：「田大哥，這個很好吃的，我姊姊很會做這些，你吃了保證還會想要的。」

田石櫃忙說：「哎呀，兩位姑娘，這怎麼行呢，還麻煩妳們專程送來。上次柳絮姑娘說的那家店我去買了，口味還真的好，我那些兄弟吃了都讚不絕口。」

陶如意和柳絮聽了這話，都不約而同笑了。

「田大哥，這些更美味，是剛做好的，香氣還在呢。」

柳絮把提來的籃子推到田石櫃面前。

「這……妳們也太有心了吧！」田石櫃一個漢子都不好意思了，兩個姑娘特地從白家村過來送糕點，回去說給劉三刀他們聽，一定羨慕不已。

想想心都敞亮了。

陶如意說：「上次多虧田大哥相助，本來第二天就該來答謝，無奈當時情急忘了詢問田大哥的住處，我家大哥打探了幾日才知道，這才上門答謝，請田大哥見諒。」

這話十分真心，讓田石櫃不知道如何回答。

「這沒什麼大不了的，姑娘不用如此客氣，那個羅史吉本來就不是好東西，大家都看不慣，我家老大早就想收拾他。」

陶如意說：「要不是田大哥和你家主子出面，我們會更難堪，那個地痞可是什麼都做得出來的，現在想想都有點後怕啊！」

坐在陶如意身邊的柳絮也忙說是，起身給幾人倒了茶水。

「後來他們沒再做什麼了吧？讓他跑得快，要不然就要他賠錢給妳們，那些東西都被他摔壞了吧？」田石櫃氣憤的說。

「人沒事已是有福了，多謝田大哥掛心了。」陶如意再次表示感謝。

「以後要多留點心眼，有什麼事可以來凌風山莊找我，我能幫的一定幫。」

陶如意和柳絮相視一眼，起了身，朝田石櫃深深的鞠躬謝意。

而這麼一幕，卻給剛下馬車的李承元看到了，他輕哼一聲，想不到田石櫃這小子真是風頭大了，竟然有兩個姑娘對他拜謝。

李承元站直身子，醉意已經過了，如今頭腦清醒著呢。

凌風山莊的閽人見自家莊主回來了，急忙走過去迎接，但李承元擺擺手示意不用，那人才退回去。

李承元慢悠悠的走到小茶坊那裡，看看田石櫃在搞什麼鬼？

田石櫃坐的位置剛好能看到凌風山莊門口，他一抬頭就看到老大向他們這邊走了過來。

老大現在才回凌風山莊？那今天辦的事該不是很棘手了？

李承元漸漸走近，田石櫃急忙起身，笑呵呵對來人說：「老大，您回來了啊？快坐快坐！小二，再上一壺好茶！」

陶如意和柳絮瞧著是人家的主子來了，也站起身，對李承元躬身行禮。「這位爺，有禮了。」

田石櫃瞧著兩位姑娘挺上道的，也知道對老大恭敬。

李承元示意讓兩人免禮坐下，他剛才一走近就看清兩位女子是誰了。

這陶家女兒都找上門來了。

李承元說：「田石櫃，你這是做什麼，竟然在此處？」

田石櫃回道：「老大，我辦完事回來在門口遇到她們兩人，你瞧瞧，這是她們拿來孝敬老大的。」田石櫃把人情推給了老大，當然不能說東西是送給自己的，他可不想找不痛快。

陶如意聽出意思，急忙說：「這位爺，我們是來感謝幾日前的搭救，這點東西可能入不了爺的眼，但也是我們真心實意做的，請爺收下吧。」

李承元本就是瀟灑之人，示意田石櫃收下，說道：「姑娘，東西我們收著，妳們也該回去了，天色不早了。」

陶如意還想問點情況，這段時間得不到小落子的消息，心裡七上八下的。

「這位爺，我還想問田大哥一些事情，不知可否告知？」陶如意覺得來都來了，怎麼也要問個明白。

李承元清楚她要問什麼，微微皺了眉頭，看了田石櫃一眼，意思是早上不是交代你去做，怎麼還沒傳達到啊？

田石櫃對著李承元點點頭，表示他已經跟王良平說了。

王良平昨日才到縣城，自家孩子都還沒去看望呢。

李承元說：「姑娘妳問吧，田石櫃他知道的，定會告訴妳的。」

陶如意見眼前這位老大周身散發著一股高冷氣息，讓人不敢靠近。做老大該是如此吧？就像她的父親，在將士面前也擺出一張嚴肅的臉，可在府裡面對親人又是另一副面孔，讓她這個女兒覺得和藹可親。

陶如意又想起了她的父母。

她深深吸了一口氣，笑著說：「田大哥，聽說你跟小落子很親近，不知道有沒有他的消息？我們有急事找他，可是路途遙遠，所以就耽擱下來了，他已經好久沒給我們回信，我們怕他有什麼閃失。」

田石櫃避開那封信的事，跟陶如意說：「如意姑娘，妳大可放心，小落子那機靈鬼好著呢，這兩天妳應該就能收到他的信了。」

陶如意和柳絮聽了很高興，一個勁地問：「真的嗎？真的嗎？」

田石櫃點點頭。「我說的當然是真的，小落子或許過段時間還會來找妳們，我是不知道妳們在白家村，要不然就可以讓他來了。」

這消息更是讓她們激動不已，陶如意從食盒裡拿出一盤桂花糕，笑著說：「爺、田大哥，你們嚐嚐看，若覺得好吃，我下次再給你們送來。」

田石櫃的肚子還真有些餓了，可老大沒動，他不敢先動手。

李承元清楚田石櫃那點小心思，自己先拿了一塊嚐了嚐，瞇著眼說：「陶姑娘，這個不錯，甜而不膩，酥而不脆。」

李承元很清楚，剛才田石櫃給了陶如意一個定心丸。

當年救了她，她竟然不知道恩人在眼前，而田石櫃當年那點恩情，她們卻記得清清楚楚，不知怎地，李承元心裡有點不舒服。

但他能說什麼？說白了豈不顯得自己太不俠士了？

陶如意臉上那一道疤痕，還能隱約看到，可當年他不是留了一瓶藥膏嗎？那可是什麼傷口都能治癒的，怎麼就留下痕跡了？

第十八章

得到好消息，陶如意心頭上那塊壓著的石頭終於落了地。

在她們跟李承元和田石櫃告別的時候，想不到李承元竟然好心的要讓山莊的馬車送她們回去。

陶如意聽了很是驚訝，連跟了李承元好些年的田石櫃聽了也很訝異。

今天老大是吃了什麼藥，竟然想得這麼周到？

李承元淡淡地說：「石櫃，去把老劉叫來，送兩位姑娘回白家村。」

「好的，老大。」田石櫃笑笑說。

陶如意不想麻煩人家，她們都走慣了這條回白家村的路，何況現在是夏天，沒那麼快天黑。

「不用了，田大哥，我們自己走路回去就好。」陶如意忙叫住田石櫃。

田石櫃說：「我家老大都吩咐了，就按他意思來就行，如意姑娘，妳們這麼回去，我們可不放心。」

李承元看了田石櫃一眼，心想你還真會說話。

他冷冷說：「老劉現在沒什麼事做，就讓他送送，耽誤不了多少。」

「李爺，這怎麼好意思呢，還是不了吧？」陶如意想著還是不要太麻煩別人。

他們都已經幫了自己大忙了，她可不能得寸進尺。

「就這麼辦，石櫃，快去讓老劉過來。」李承元不容他人再說什麼，直接吩咐下去。

田石櫃直說好。

柳絮拉了拉陶如意的衣袖，兩人走到一邊，她附耳低聲說道：「姊姊，要不就聽這位爺的吧，看他那模樣，如果不聽他的吩咐，反而覺得不好……」

陶如意看向李承元，心想柳絮說得沒錯，也罷，這樣她們反而安全且快些到家。

陶如意走到李承元面前，躬身行禮。「那如意感謝李爺，給你們添麻煩了。」

李承元輕輕瞥了陶如意一眼，擺擺手，示意無須多禮。

剛才柳絮說的話，李承元也聽得清楚，竟然是因為害怕他才答應他，他真的長得那麼可怕嗎？回去他得好好問一問那些小子們他凶不凶？

不一會兒，一輛馬車就來到了她們跟前，李承元自己先回山莊了，一身酒味得去散一散，都熏得姑娘們時不時捂著鼻子了。

其實陶如意她們不是因為這個原因，是李承元想得多了。

「如意姑娘、柳絮姑娘，我都跟老劉交代好了，他會帶妳們回白家村，有什麼不妥的，可以直接跟他說。」

「田大哥，再次感謝，多虧遇到你們，要不然真的不敢想像。」

「小落子的事情妳大可放心，我說的定是妥妥的，妳們再等等就有好消息了。」

柳絮福了福身，笑呵呵說：「田大哥說的當然妥當，幾年前我就見識過了。」

兩人興奮到大半夜都睡不著，到了第二日起來，眼底下都蒙上了一層黑眼圈。

徐娘早早起來備朝食，煮了米粥、蘿蔔乾炒蛋，還烙了蔥油餅。

她昨晚等到陶如意和柳絮回來，聽她們說的好消息，也為陶如意感到高興。

徐娘知道她們昨晚興奮得睡不著，就沒去吵醒她們，讓她們多睡一會兒。

而蘇清去見同窗，回來得比陶如意她們要晚一些，他看到她們從一輛馬車上下來，看那輛馬車的外觀，定是大戶人家的。

他打聽到那位田石櫃是凌風山莊的人，在梅隴縣周圍是有頭有臉的人物，人們一聽到凌風山莊就望而生畏，不敢多說什麼。

陶如意急著找那位恩人，蘇清藉助同窗好友的人脈去打探，終於能給她答覆。

其實說起來，蘇清早就猜到陶如意不簡單，會識字、會刺繡，一看就是大戶人家出身的，但她那雙幹過重活的手，還有臉頰那一道疤痕，卻又讓他有所疑惑。

跟她相處大半年了，大家都沒有說明白。

他曾聽過柳絮叫陶如意為小姐，可見兩人是主僕關係，連乾娘徐娘對陶如意也很看重，有什麼事都會先問過陶如意才做決定，所以這主僕關係在蘇清眼裡很是明顯。

大興？上桐城？

蘇清倒也知道有一位大將軍姓陶，無奈幾年前被陷害倒臺，如今陶大將軍怎麼樣他是不得而知的，畢竟他在白家村，得到的消息不太靈通。

難道陶如意是陶大將軍家的親戚？按照村裡人在他面前說過的情況來推斷，時間上倒也符合，陶如意是三、四年前來到白家村的，那時是跟著柳絮一起來的。

柳絮曾去大興的高門大戶家做事，這樣一切就說得過去，陶如意該是陶大將軍的家人了！

蘇清不想再猜來猜去，直接找了陶如意，兩人坐下來好好聊聊。

既然他們都結拜成兄妹，俗話說得好，一家人該有福同享，有難同當。

有什麼就說開來，不要憋在心裡難受。

陶如意本也決定把實情告訴蘇清，經過大半年的相處，她覺得蘇大哥是可靠的。

兩人才坐下來喝了口茶，外頭就傳來王小胖的聲音，聽得出他喜出望外，嚷嚷著說：「姊姊、蘇先生，我爹爹來看我了！」

原來是王良平來了。

前幾天才在說他怎麼那麼久沒來看望胖哥兒，這不就來了？

陶如意笑著對蘇清說：「大哥，我們以後再說吧，我知道你要問什麼，我會跟你說的。」

蘇清點點頭。

兩人一起出了屋門，就見王小胖拉著王良平的手，笑呵呵的走了過來。

徐娘已先上前迎了。「良平兄弟來了，胖哥兒可高興了。」

「他給你們添麻煩了。」王良平瞧著自己的兒子更加白白胖胖，精神比往常都好，心裡很是滿意。

讓他寄宿在這裡是正確的決定。

王良平見到陶如意和蘇清出來，給兩人躬身行禮。「蘇先生、如意姑娘，小胖沒給你們惹麻煩吧？」

王小胖先為自己說話。「爹，您怎麼總這樣，我可是乖得很，先生好幾次都表揚我，徐嬸也說我比秋寧哥聽話呢。」

大家一聽都笑了，這孩子的確是不錯，跟他們都合得來。

王良平見兒子能大膽為自己分辯，心裡很是欣慰。

陶如意請王良平進屋坐坐喝口茶，這麼熱的天，從縣城過來很累的。

王良平也有事跟她說，就讓王小胖把他帶來的小玩意兒去分給其他同學們，王小胖笑得合不攏嘴，連蹦帶跳的捧著東西往學堂去。

蘇清跟著一道去看看，那些孩子們一見他不在，有時會不專心，甚至說說笑笑的。

徐娘去灶屋做飯，剛才已經跟王良平說了讓他晌午在這裡吃飯。

王良平本想坐會兒就走，但人家盛情難卻，他也想跟兒子多相處一下，就留下來吃飯了。

「如意姑娘，我這裡有一封信是要給妳的。」王良平從袖口掏出一封信遞給陶如意。

陶如意十分驚訝，接過王良平手中的信，一見到熟悉的字跡，心裡不由得撲通撲通亂跳。

「這……王叔，這是怎麼一回事？」陶如意說出的話有些顫抖，想不到等了這麼長的時間，終於來信了。

昨天田石櫃才跟她說會有好消息給她，才過一天好消息就來了，簡直是給她一個定心丸啊！

王良平見陶如意如此激動，心裡終於明白老大為何會讓他快些把信送來了。他都想好要怎麼回答了。「如意姑娘，這信是給妳的，對吧？」他反問一句。

陶如意直點頭。「對對，王叔，您都不知道我等這封信等了多久，這可是給我帶來重要的消息啊，太謝謝您了。」

「王叔，您去上桐城了？您認識小落子？」她冷靜了下，問出了心中的疑惑。

王良平喝了口茶，陶如意再幫他添上。

這時，徐娘端了一盤炸魚丸進來。「良平兄弟，來嚐嚐這個，新鮮著呢，胖哥兒最喜歡吃這個，一下子能吃好幾個。」

王良平心想只要是吃的，他兒子都喜歡吃，要不然就不會長得那麼強壯了。

「哎呀，嫂子，妳就不要忙了，我坐坐就好。」

陶如意從徐娘手裡接過盤子，放在桌上，推到王良平面前，又遞了一雙筷子給王良平，說：「王叔，嚐嚐看。」

王良平聞到香味，已經勾起了他的食慾，挾了一個吃，還真是好吃，外脆裡嫩，色香味濃。

不一會兒，他就吃了四、五個。

徐娘看著他這樣子，笑笑就出去了，灶屋裡還熬著湯呢。

第十九章

王良平心滿意足地放下筷子，這炸魚丸還真是新鮮。

「如意姑娘做的東西聽說賣得不錯，賺了不少啊！」

「也就是能養活家裡幾人罷了，外頭傳得太誇張了，王叔別當真。」

「如今這世道能養活自己就不錯了。」王良平感嘆道。

「王叔，您還沒說這信是如何得來的？」陶如意有些迫切想知道前因後果。

王良平笑笑說：「我這麼久沒來看我家那小子，是因為我去上桐城那邊談生意了，有人介紹我就去看看，畢竟現在什麼都不好做，哪裡有機會就往哪裡去。

「誰知道跋山涉水到了那裡，差點把命搭上，還好遇到了名叫小落子的好人，在那人生地不熟的地方，有他幫了我，所以我們成了朋友。

「我這個恩人真是行，在上桐城混得不錯，我被搶了的錢，他都幫忙要回來了……」

陶如意認真聽著，想不到小落子有這麼大的能耐，她有點不敢相信了，不過這幾年能在那樣的情況下幫她打探消息，應該是真的有這麼大的本事。

王良平繼續說：「落子兄弟跟我一見如故，什麼事情都聊，聊著聊著知道我是梅隴縣白家村的人，他就問我認不認識妳和柳絮，這麼一說，還真是巧了，我家孩子不就在妳們這裡嗎？當然熟悉了，他就拜託我給妳們送封信來了。如意姑娘，這真是太巧了，對不對？」

王良平說完笑呵呵的。

陶如意笑眯了眼，直點頭。「真的太有緣分了，王叔可是幫了我一個大忙啊！」

王良平回道：「能幫上忙就好。哦，對了，聽落子兄弟說他處理好手頭上的事，就會來白家村找妳們。」

一聽小落子要來找她們，陶如意更是開心了。

「太好了、太好了……」

王良平見眼前這姑娘高興得都要哭了，也感到欣慰。

老大叫他做的事情完成了。

喝了茶，吃了炸魚丸，午膳也留下來享用，他的兒子給大家添飯、盛湯，做得面面俱到。

王良平決定讓兒子一直留在這裡，等休息了再來帶回家裡一家團聚就行。

王小胖也習慣了這裡的日子。

他把他寫的詩詞拿來給他爹爹看，蘇清在一旁也說：「孺子可教也。」

王良平聽了笑瞇了眼。

幾個月不眠不休的疲憊，聽了這樣的話都消散了。

晌午過後，柳絮在劉嫂那兒辦完事回來，陶如意便跟她講了好消息，她知道柳絮也很著急。

「姊姊，妳終於可以安心了，瞧瞧妳那雙眼，都幾夜沒睡好了。」柳絮聽了很喜悅，現在姊姊能放心點了。

「柳絮，小落子在信上說我父母都安好，現在那位盯得沒怎麼緊了。」是不是意味著有希望了？

柳絮差點要流下眼淚。「姊姊，真的要苦盡甘來了，我明日去靈隱寺上香，保佑老爺、夫人早日跟姊姊團聚。」

陶如意不由得抱了抱柳絮，她哽咽得說不出話來。

「姊姊，咱們要高興才是。」柳絮給陶如意擦眼淚，也給自己擦拭一番。「我要趕緊跟我娘說說，準備好房間等著迎接老爺和夫人。」

陶如意被這話感動了。

「柳絮，謝謝妳一直跟著我，還為了我家的事情操心。」

「姊姊，妳說的是什麼話，我們不是說好了，我們已經是一家人了，一家人就該同甘苦，共患難。」

陶如意很慶幸有柳絮這個丫鬟在身邊陪伴著，要不然她都不知道現在會是什麼樣子。

她們在屋裡說著話，外頭傳來一陣聲響，陶如意聽著有點熟悉，怎麼像是那個媒婆的聲音？

她又來做什麼？不會是要給柳絮說親吧？

徐娘那日都趕她走了，媒婆還不死心嗎？

陶如意看著柳絮那嬌俏的臉龐，誰家娶了她誰家就有福氣，做事細心不馬虎，心善貌美，也會做生意。

陶如意想起身去看看外面發生了什麼事，被柳絮攔了一把。「姊姊，不要去管她，這人真是的，不死心的跟到家裡來了。」

這話聽著像是有什麼不愉快，陶如意看著柳絮，問道：「柳絮，這是怎麼回事？」

「還不是村裡那個李媒婆，纏著我要給我說親，我哪裡需要她說啊？」柳絮氣呼呼地道。

剛才在村口遇到李媒婆，在柳絮面前說有一戶人家的男子多好多俊，諂媚的模樣讓柳絮看著嫌惡不已。

陶如意笑笑說：「看來我家柳絮桃花運到了，怎麼擋也擋不住啊！」

「姊姊，妳怎麼這樣說，我才不要呢。」柳絮心裡早就打算跟著小姐一輩子，她才不嫁。

「柳絮，這本是好事，只是我們要慎重看待，可不是隨隨便便一個男子就能娶到我家柳絮的。」陶如意說道。

就說她吧，以為兩人彼此都是真心實意，成親是早晚的事，哪料到顧上元卻是這般狼心狗肺，為了自己的利益，把她活活推下深淵。

這個仇，這個恨，陶如意永世難忘。

陶如意很後悔自己竟然沒看透那些人的嘴臉，還跟范卿蓉以姊妹相稱，這些都讓陶如意感到可笑至極。

柳絮明白她又想起一些不堪的往事，便說了其他的事轉移話題，笑盈盈道：「姊姊，這都是老天爺開眼，竟然讓小落子遇到王叔。姊姊，要不我們明日一起去靈隱寺拜一拜？」

靈隱寺位在青峰山的山頂上，聽說很是靈驗，周圍慕名而來的香客很多，求財求安求親的都有。

陶如意點點頭。「也好，柳絮，我們明日就去，到時也把寧哥兒他們帶上吧。」

另一頭，李承元冷冷地看著眼前血跡斑斑的人。

「確定不說？嘴硬可對你不好。」

那人連頭都抬不起來了，沒有力氣回答。

「竟然撬不開口，那就再加點料，讓他好好想想。」李承元在一旁的鐵椅上坐了下來，從頭到尾都沒什麼表情。

劉三刀得到指示，用馬鞭繼續抽打那個被綁著的人。

這樣的情景已是許久沒有過了，劉三刀覺得自己的技巧有點生疏了，要不然那個人會這麼無所畏懼？

「老大，這人還真是要強，看來是忠心之人。」田石櫃站在李承元身邊說道。

「對那些侵入者忠心，就是對我的背叛，到時候我們別被剝了皮還不知道是怎麼回事。田石櫃，你去幫劉三刀，他是不是沒吃飯啊？跟娘兒們似的。」

不遠處的劉三刀聽到老大說的話，手中的馬鞭差點掉了，還好及時握緊，要不然就真的應了老大的話，跟娘兒們一樣。

李承元起身離開，暗屋裡的血腥味令他噁心。

竟然在他地盤上撒野，看來是膽子肥了。

李承元冷哼一聲，這事遲早是要解決的。

他的凌風山莊可不是白白得來的。

出了暗屋，張一水在外等候著，急忙端了一盆水給李承元洗手。

「老大，裡頭如何了？」張一水問道。

「你想知道就進去幫忙。」李承元用紗巾擦了擦手，頭也不回就往大堂走。

張一水見不得那些血，更聞不得那些血腥味，他當然不會進去，有田石櫃和劉三刀在裡頭就行了。

這人是昨日在東山村抓到的，當時可是經過一番周折才拿下的，此人功夫可行，不過最後敗在老大的一擊，只是這會兒還不說出密謀。

不過總會有辦法讓他開口的。

田石櫃把問到的情況一五一十告訴了李承元，一切都如他所猜測的一樣，范輔相父女已經有所察覺，開始往梅隴縣這邊增派人手，還打算找人來把他滅了。

「這范輔相是不是覺得大家都跟他一樣自以為是啊？」李承元看著冊子，冷冷一笑。

「老大，我們是不是該跟老王爺說一聲？」田石櫃沈吟片刻，問道。

李承元擺擺手。「還不至於這麼做。石櫃，你去請葉時然過來，就說我有事商議。」

田石櫃得令準備出門，又被李承元叫住。「還是約他明日去靈隱寺瞧瞧吧。」

他得先理出個頭緒來才做決定，葉時然那邊應該也掌握到一些機密，到時一商議就好辦了。

人家已是耐不住了，賣國求榮這事都做得出來，還有什麼做不出來？

說起來也要怪當今聖上，竟然看走了眼。

人心難測，一旦變了就怎麼都難以挽回了。

他的父親當年不也是差點走錯棋，把一切都毀了，還好他及時相告才得以有機會去崗頭山上的寺廟裡參悟。

很多事他不好出面，他在李家也算不了什麼，只有他的父親還念著自己是他親兒子這麼點關係罷了。

所以前些天葉時然問他家裡人怎麼沒催他成親？當然沒人催了，他自己早就是孤家寡人一個，他的父親也沒時間來催他。

李媒婆被徐娘再次趕走了。

寧哥兒和王小胖兩人拿著木掃帚站在徐娘兩旁，那副樣子就如兩個虎視眈眈的門神，隨時都可以把李媒婆打得滿地找牙。

這次說的男方竟是一個娶了妻、納了妾的老員外，這把徐娘氣得直冒火。

就算她家窮，就算柳絮沒了爹，也不至於這樣作賤自己。

平時溫順的徐娘罵起人來也是有理有據的，讓李媒婆捂著臉出了門，外頭站著看熱鬧的李氏對李媒婆也沒好臉色，差點要向她吐口沫子了。

那個給柳絮說的男方前些日子還跟李氏親姊姊的孫女說親呢，這顯然是兩頭作媒，到時候有什麼就麻煩大了。

李媒婆就該罵，等會兒她定要四處去說說這媒婆做得太不地道，才能平復她心中的不平。

而這邊，徐娘沒去看李氏那陰陽怪氣的樣子，把寧哥兒和王小胖叫回屋裡讀書。晌午後蘇清有事出去辦，讓孩子自個兒寫寫字、看看書。

裡屋的陶如意和柳絮沒有出來，徐娘也不想她們出來聽這鬧心的鬼話。

以後李媒婆來一次，趕一次！

她家柳絮可是她的寶、她的玉，那容得這般胡說？

徐娘清楚那些人就是輕視她家，隨便說一些上不了檯面的親事，以為她就會感恩戴德。她才不會呢！

就像如意說過的，一定要給柳絮找一個好人家才能嫁過去，要不然說什麼都不行。

陶如意在裡屋也是聽得咬牙切齒，本想衝出來給李媒婆甩一耳光，卻被柳絮攔住了。

柳絮知道小姐想為她出氣，但這會兒還是多一事不如少一事，不值得跟這些人多說。

「姊姊，妳不用生氣，也不用為我擔心，這些人不值得，下次敢再來，就算我不收拾，寧哥兒也會收拾。」

「妳剛才都聽見了，寧哥兒和胖哥兒可是凶神惡煞的，把我娘保護得可好了。」

一說到這個，陶如意不由得笑了。「兩個小子倒也疼妳這位好姊姊，家裡有他們，誰都不敢來欺負。」

「不枉費我們常給他們做好吃的，等一下姊姊妳再做點吃的犒賞一下他們兩人吧。」

「這個在理，柳絮，把抓來的魚宰殺一下，我給大夥兒做魚片粥吧！」

柳絮點點頭。「姊姊，妳又想到另一種做法了啊？」

陶如意昨晚去翻了翻食譜，又記住了另外幾道菜式，想說有機會試試。

第二十章

第二天，陶如意和柳絮早早起來準備東西，準備要去靈隱寺。

昨晚跟徐娘說了她們的打算，徐娘也想一起去燒香，求求菩薩保佑他們一家大小平平安安，少遇小人，多遇貴人相助。

蘇清前幾天給學生們考了一次小考，大家都考得不錯，就想著給孩子們放一天假，如果要去青峰山的就一起去，如果不去的就留在家裡看書、寫寫字帖。

其他孩子都不想去爬那麼高的山，想要好好睡一覺，就跟蘇清說不去。本來白大地要一塊兒去，無奈他的奶奶不讓，說去了要花錢不值得，白大地只能眼睜睜看著他們去玩了。

寧哥兒和胖哥兒兩個手舞足蹈的，能出門玩當然高興。

陶如意和柳絮足足準備了三個大食盒，打算午餐和晚餐都在外面吃。

靈隱寺附近有一座花園，種滿了樹木和花草，裡頭還有涼亭、水池，是一處難得遊玩的地方。

要不是如今世道不怎麼穩定，在迎松客棧發現了細作，人人自危，其實住在梅隴縣附近是不錯的，街市熱鬧，寺廟香火鼎盛，青峰山的奇石異樹多了去。

晴空萬里，藍藍的天空有白雲在飄，天也不那麼熱了，涼風習習。

蘇清去租了輛牛車，幾個人擠一擠還是夠的，就這樣浩浩蕩蕩的出發了。

陶如意上次遊玩時是在大興，跟著那些所謂的貴女們玩了一天，有說有笑卻不是真心實意的，只不過是看在家族背後那一份權勢罷了。

反而現在是實實在在的快樂，大家熱熱鬧鬧，推心置腹，無話不說。

蘇清給兩個孩子講解一些文字，寧哥兒和胖哥兒很認真地聽講。

徐娘笑笑的看著他們，很是滿足的樣子。

而柳絮坐在陶如意身邊，低聲說著昨日聽來的怪事。聽說東山村那個羅史吉被人重重的打了一頓，差點缺胳膊斷腿的。

陶如意聽了當然高興，地痞流氓就該得到應有的懲罰。

如果是以前，她的爹爹知道有人這樣橫行霸道，一定會給他狠狠的教訓，再判刑入獄。

如今世上還是有好人敢行俠仗義，打擊仗勢欺人的地痞流氓，可見還是有正義在的。

陶如意莫名感到欣慰。

大津能多幾個這樣的人就不會這般模樣了，竟然讓外敵來犯，還直接在大津開起了客棧，蒐集消息。

柳絮低聲說道。

「姊姊，我聽著好像很嚴重，看來老天爺都看不過去了，就該這樣好好打一頓。」

那日雖然沒有見識到羅史吉欺負大家的場面，但是看著自家小姐那青腫的胳膊，就知道那人有多可惡。

帶過去的器具都被毀了，這簡直是雪上加霜，還好最後小姐想到了其他方法賺錢，要不然都不知道怎麼去填那個坑了。

陶如意聽了柳絮的話點點頭，表示贊成。

前面坐的兩個孩子開心得哼起了小曲兒，陶如意聽不出是什麼調子，徐娘跟她說這是民間小調，只有白家村才有的。

聽著聽著倒也覺得很好聽，像催眠曲一樣，讓陶如意昏昏欲睡。

柳絮見狀，再挪近一點點，讓陶如意靠著她瞇一下眼。

牛車走了一段路，磕碰到了石頭，整輛車晃了晃。陶如意醒了過來，以為發生什麼事了。

「徐娘，沒事吧？」陶如意慌張地問。

「沒事，沒事，如意，是這路不平。」徐娘趕緊安慰道。

蘇清看著車內有些擠，就半路下來跟著牛車走。

已經要到青峰山的山腳下了，牛車是上不了靈隱寺的，大家只能爬上去，還好有貴人捐贈，從山腳下到山頂有一條路能輕鬆直達，省了不少力氣。

上山的人不少，他們都提著籃子，也是一樣要去靈隱寺燒香。

還有，路上會經過八十八個臺階，如果要誠心誠意求得庇護，就一個臺階、一個臺階地磕頭向上。

陶如意、徐娘、柳絮照做，蘇清就帶著兩個小孩先上去等她們。

但願誠心誠意求得庇護，陶如意的爹娘能早日出來團聚。

徐娘也說了這個心願，還祈求他們一家人都安康順心。

等她們完成了這一道誠心求福的步驟，雙手雙腳都不聽使喚了，額頭上還一片紅。

不過如果能實現心中所想，多麼辛苦她們都願意。

到了靈隱寺，人還沒有那麼多。

寺外的涼亭有位置可歇一歇，幾人就過去坐一下，寧哥兒和王小胖給徐娘等三人倒了水喝。

蘇清看徐娘直喘著氣，問道：「乾娘，還好嗎？」

徐娘說：「我沒事，許久沒上山，還真是受不住，緩一緩就好了。」

蘇清給她搧搧風、透透氣。

「清，你也坐一下，爬這麼高，你也累了。」

蘇清笑笑說：「乾娘，我不累，但是比起那兩個小子差一點了。」

寧哥兒和王小胖一點都不累，活蹦亂跳的，一路沒有一句怨言，還問東問西，讓蘇清給他們解答疑惑。

如果世態安穩，多帶他們出來見見世面，認識在書本上看不到、學不到的知識，倒也是一件好事。

李承元到了靈隱寺的偏院，一明大師和葉時然已經在那裡等候。

三人圍著石桌品茶。

其他閒雜人等皆迴避，不得靠近這一處偏院。

其實這清茗院處在靈隱寺最偏僻的地方，香客們也沒來此處。

一明大師這些日子剛好在此講座，李承元才有幸遇見，他本是雲遊四方，無一定處。

「李莊主，在上桐城見到你父親，身體康健，不錯。」一明大師輕輕說道。

李承元笑道：「大師，您這麼能走動，在下佩服，我父親定是跟您討要精髓的吧？」

「我們坐下來談了談，倒還真的說到一塊兒去了，你可沒想到吧，我們整整說了一個多時辰。」

「我父親就是這麼折騰人。」

「那倒不會，我們說得很入心。」

葉時然只是沖茶、倒茶，沒有說一句話。

這時，一個小沙彌提了一個食盒進來，行了禮。「師叔，師父讓我給您拿些吃的來。」

一明大師點點頭，示意放下即可。

小沙彌把食盒放下就行禮離開。

他們聞到了一股清新的味道，是從食盒裡飄出來的。

葉時然開了口。「想不到這寺裡香火鼎盛，連吃的都這麼有味道。」惹得他的肚子咕嚕咕嚕叫。

「也就是一般的素菜點心罷了。」寺廟裡能有什麼山珍海味？

紅棗糕、甜酥餅、馬蹄糕……

看著精緻可口，李承元不由想起了那個人來，這莫非是在念家鋪買來的，而不是寺裡的師傅做的？

一明大師看著眼前擺放的吃食，他笑開了。「這不是寺裡的東西，應該是有香客供的。」

李承元猜得沒錯。

他拿了一塊嚐了嚐，是熟悉的味道。

葉時然看著李承元的一舉一動，心想奇怪了，他們認識這麼久，可沒見過他喜歡這些甜食。

「李莊主倒也稀奇起這些了啊！」

李承元只是輕哼一聲，不回答。

葉時然討了個沒趣，只好拿起一塊紅棗糕嚐了嚐，不甜不膩，味道剛剛好。

他吃了一塊，又再拿了一塊。

一明大師不吃這些，他只是抿了口茶。

這泡茶的水來自靈隱寺的一口井，泉水甘甜清新，一入口，醇香留甘。

李承元停下手，那幾盤都要見底了。

這樣的情景讓他不由得笑開了。

一明大師見狀，問道：「李莊主這是想到什麼好笑的事，看你心情不錯啊！」

「沒什麼，大師，我和葉兄只顧著吃，倒把大師撇在一邊，實在抱歉。」

一明大師擺擺手。「無妨，只不過這幾盤點心能入你們的眼，看來他們拿對了。」

「大師雲遊四方，應該也見識不少。」

「也就那麼點皮毛罷了，不過此地的位置適中，可是要惹來不必要的人和事了。」

李承元聽了不做聲，一隻手輕輕的敲打著石桌邊緣。

「某些東西一旦被知曉它的存在和重要性，那結果就不是那麼好了。」此話意有所指，李承元和葉時然當然聽得明白。

「您放心，大師，我們絕不會讓這樣的事情發生的。」

「那就好。兩位等等可以去走一走，寺裡有些景色值得一看。」一明大師起身對兩人說道。

李承元和葉時然一道起身，跟一明大師彼此行了禮就告別了。

一明大師轉身往前面的屋子走去，靈隱寺的方丈已在那裡等候。

李承元和葉時然也該動身了。

「李莊主，咱們也去上炷香求保佑吧！」葉時然笑道。

「為何我要這麼做？」手裡沾滿了血，他此時此刻不想去有所懺悔。

葉時然說：「這寺廟香客甚多，很是靈驗。要不求個姻緣籤，看看我們倆幾時能成家立業？」

李承元看著葉時然那副嬉皮笑臉的樣子，有些無言。

「想不到葉兄如此著急自己的終身大事，竟也跟那些小女子一般求神拜佛得心意？」李承元冷冷的俊臉不見一絲狠勁。

葉時然不以為然，這本是人生必經之路，你無心求心意，自有人幫著求。「看來你是打算要孤家寡人一輩子了。」

「這本就不是這時該操心的事，葉兄你都心亂了。」家裡的老母親該是催得緊，讓葉時然時時刻刻想著這個問題。

上次在一醉休是如此，如今在靈隱寺也是如此，李承元都不明白葉時然的千戶是怎麼當來的。

「成家立業這事本就沒有什麼矛盾之處，是李莊主分得太過清楚。」葉時然像是要在李承元身上看出一點什麼。

上次跟李承元在一醉休話別，回家途中想起有些事情沒說明，就調頭往凌風山莊去找李承元。

誰知在山莊不遠處看到李承元對一個姑娘很是用心，竟然讓莊裡的馬車送這姑娘，這不像李承元的作風。

那位姑娘看著身材苗條，作鄉下女子打扮，李承元竟然會跟這樣的女子相識，真是猜不透。

葉時然想要上前問問，最後還是作罷，或許人家就是伸手幫一把而已，自己無須多想。

但後來想想，還是覺得奇怪，李承元不可能做這樣的事情。

所以此時見了面，葉時然總想在李承元這兒逼出一點反應來。

剛才吃點心時，他發現李承元走神了。

而李承元見葉時然今日總往他這邊看，心裡也覺得其中定有什麼。

「葉兄，你有什麼話就直說，別這般看著我。」李承元是坦蕩之人，直接問出疑惑。

「沒什麼，只不過今日見你跟往常不一樣，像是更加英俊了。」葉時然笑呵呵的說道。

李承元聽了這話，顯得無可奈何，越來越懷疑葉時然的千戶當得太不一般了。

這還是他認識多年的千戶葉時然嗎？

「葉兄，你是不是被老夫人逼急了，所以腦子不靈光了？需不需要我去跟老夫人說一聲，給你緩緩勁啊？」李承元的語氣顯得很冷，讓人聽著有點搭不上邊。

葉時然擺擺手。「不用、不用，我母親近來沒有再說了，你大可放心，是我在替老王爺多問兩句罷了。」

第二十一章

李承元和葉時然兩人在清茗院坐了一個多時辰，喝了一壺茶，小沙彌拿來的點心都吃得所剩無幾。

他們兩人剛開始說了些其他的，接著說到正經事，彼此都變得嚴肅了。

他們會選這個地方就是因為人煙稀少，且一明大師在此下榻。

就算說什麼機密都不怕有人聽到。

葉時然不由鬆了口氣。「李莊主，在這裡說那些真是有點不妥。」

李承元很是疑惑，怎麼在這裡說事就不妥了？堂堂一個千戶竟然如此婆娘，李承元今日第三次表示懷疑，葉時然這職位……當得是不是有點不實在了？

「你下手重，不過只要從那人嘴裡撬出答案來也是可行的。」

敵人奸詐，不給點顏色看看怎麼行呢？

「葉兄說這話真是怪了，我們凌風山莊本就是做這樣的行當，見怪不怪。」李承元臉色有些沈。

「那個背後的主人不用說就是他了，只不過來得太快了，高人都不給指點迷津呢。」葉時然現在進也不是，退也不是，堵在這裡難受。

「他應該無法往外給信號吧？」周圍的人盯得緊，連他的老父親只能去山裡的寺廟佯裝，才讓一明大師給了那麼點消息。

「這樣我們難辦啊，我們可不能擅作主張。」葉時然蹙著眉頭說道。

「情況急迫的話就算擅作主張也沒辦法，我們大津再不好好守著，就要入狼爪下了。」李承元想想都氣憤，他們李家千辛萬苦守護著大津，卻可能要拱手他人，說什麼他都不答應。

葉時然拉了李承元一把，低聲說道：「你小聲點，老王爺就是怕你這樣子，才讓一明大師來跟你說幾句提醒話。」

李承元回道：「知道了，你放心，我還是有分寸的。」

葉時然覺得並不見得。

有時太過於衝動，事情就會難做，周圍的人不是都能相信的，一不小心要是走錯一步，那就麻煩大了，甚至連命都沒了。

他們倆早早就到了靈隱寺，來的時候還沒有其他香客入寺裡上香。

這會兒都到了大上午了，周圍的鳥叫聲嘰嘰喳喳，陽光燦爛，照在他們兩人身上，很是耀眼。

一明大師讓小沙彌過來請他們兩人入屋歇坐。

兩人看天色也該走了，就跟著小沙彌去跟一明大師告個別。

「李莊主，我們要回家還是去一醉休再繼續？」

出了清茗院，葉時然問李承元。

「靈隱寺不錯，我們四處走走看看吧。」李承元回道。

「那也行，反正我回去也無事可做。」葉時然的官職被架空，想要大幹一場也無法。

不過，他在此地還是說得上話，按目前來看，四周暫時平靜。匈奴的細作剷除，倒是少了消息外漏，還順便得了些外敵的情況，幾日的清算更是除了幾個蛀蟲，這效果不錯。

「你就是怕你母親嘮叨，每次都多虧我叫你出來。」李承元笑道。

「是是，萬分感謝李莊主。」葉時然又是那一副嬉皮笑臉。

兩人走著走著，就到了靈隱寺的雄光寶殿。

這會兒香客特別多，香火旺得很。

一個年紀輕些的和尚給了他們兩人各一炷香，示意兩人上香。

看來寺裡的人都認識兩人。

他們自然而然接過和尚手裡的香，向佛祖拜了拜，瞧著很是誠心誠意。

葉時然半閉著眼，偷偷回頭看了李承元一眼，不由偷笑。這凶狠的男人竟然這般在佛祖面前裝模作樣的朝拜，他都佩服得五體投地了。

李承元不管葉時然那偷看的眼神，起身去把香插上，周圍熙熙攘攘的人群一來一往，瞧著有條不紊。

這時，一個轉身，他看到了熟悉的面孔。

怎麼她也來這裡了？

李承元自嘲了下，在人海中卻能獨獨看見這個女人，如果讓葉時然知道了，又要說什麼笑話了。

李承元和葉時然兩人打扮不起眼，在絡繹不絕的香客裡，很難引起旁人的注意。

雖然李承元的惡名在外，但人們也想不到凌風山莊的莊主會來此處上香。

這樣的心理反應，李承元拿捏得好好的，跟葉時然大搖大擺的在大殿裡走了一圈，但卻儘量避開陶如意。

香火燒得旺，香客們各自說著祈願，但願求個好籤，給自家添點好運氣。

葉時然走到李承元身旁，低聲說：「我們要不要也求個籤讓師父解一解？」

李承元回瞪他一眼。「你要就去，問我做什麼？」

葉時然抿嘴一笑。「這不是在為你操心嗎？你這人真是不知我的好心。」每次跟老王爺信件往來，老王爺都會囑咐他好好說一下李承元，不要太過於出調，梅隴縣也是藏龍臥虎之地，別掉以輕心。還說李承元這年紀也該找個姑娘成親，別為了國事而忘了自己的大事。

葉時然當然不敢把這些話跟李承元直說，他太了解李承元，越說他越是執拗，說多無益。

但老王爺的囑咐，葉時然也不能不聽。

他們兩人走得近，說話沒什麼拘束，但他們就是要用「葉千戶」、「李莊主」稱呼對方，在外人看來顯得陌生。

說句誇張的，他們就是虛晃一招罷了。

李承元拒絕他的好意。「你的好心我不敢苟同，你要去求籤就去，我在解籤那兒等著。」

反正今日無事，凌風山莊有那些小子在，有什麼大事他們會來跟他稟報。如今都已時過了還沒人來找，那就是相安無事。

「那我去了，你自個兒去逛逛吧。」葉時然往李承元的胳膊碰了碰，笑笑就走開了。

葉時然當然發現了剛才那一幕，李承元見到熟人了，還是一個女子，瞧著跟上次在凌風山莊門口看到的那一位很相似。

這是天大的好事啊！如果能成，葉時然定要放鞭炮給這位冷面莊主慶賀一下，老王爺也能卸下心中那塊大石了。

靈隱寺真是靈驗，這一次就能讓李承元的終身大事有了著落；記得上次來的時候，就讓他們想辦的大事有了眉目，最後有驚無險，成功除掉了一個大蛀蟲，令范輔相失去了左膀右臂。

葉時然決定再去上一炷香，求佛祖保佑，一切安順如意。

李承元看著葉時然的行為舉止，無可奈何。

他今日約他在靈隱寺相見，不知是對還是錯？

四周佛音繚繞，香火鼎盛，男女老少，誠心求願。

李承元覺得太過於喧擾，不知不覺就走到了一片竹林深處，耳邊有潺潺流水聲。

他四處張望，滿眼翠綠。

這時，他聽到有人說話的聲音。

「姊姊，怎麼樣了？頭還疼嗎？」

「柳絮，我沒事了，我們就在此歇一歇吧！」陶如意說道。

這聲音……李承元覺得有些熟悉。

往聲音來源處一瞧，竟然是她。

兩人坐在石凳上，丫鬟給她搧著風。

她剛才不是在大殿裡上香嗎？怎麼到了這裡？

聽那丫鬟說的話，陶如意應該是不舒服了才在此歇息。

李承元不想往前走，在他轉身要離開的時候，卻聽到有人叫住了他。

「可是李莊主？」

陶如意不敢確定是不是，便試探著喊道。

李承元回頭望去，陶如意一見是他，笑著走了過來，給他福了福身子，說道：「還真是李莊主。李莊主，安好。」

李承元僵硬的回了個禮。「陶姑娘好。」

柳絮也跟著上前給李承元躬身行禮，不見田石櫃，問了一句。「李莊主，田大哥沒一起來嗎？」

李承元回道：「他沒來。」

「這樣啊，我們還想著跟他道聲謝，昨日我們就收到信件了。」陶如意眉開眼笑。

李承元聽了，蹙了下眉。本該跟他道謝才是，怎麼功勞反而都是田石櫃的了？

李承元淡淡的說：「陶姑娘能收到重要信件就好，妳就不必太過擔憂了，好消息終會一件一件來的。」

這話說的很是讓人喜悅，但那副語氣、模樣卻讓人卻步。

或許這人就是這樣，陶如意禮貌的回答。「是啊，李莊主，還真是多虧了你和田大哥，讓我們能得個心安。」

今天來靈隱寺也是想著祈求佛祖保佑，但願真的能如他們說的那樣，父母回來一家團聚。

天氣有些熱，好些天沒有下雨了。

這讓百姓種的田地都奄奄一息。

陶如意額頭的汗珠直冒，整個人都差點站不穩了。

柳絮發現自家小姐這樣，急忙上前扶了一把。「姊姊，快坐下歇歇，喝口水。」

柳絮把隨身攜帶的竹筒遞給陶如意，讓她喝水緩一緩。

這段時間姊姊起早貪黑的幹活，還為了小落子沒來信擔憂著，幾件事一起襲來，讓她都承受不住了。

今早又早起做吃食帶出來，昨晚又沒睡好，這不就頭昏腦脹了？

「姊姊，要不我們回去吧？」柳絮說道。

李承元看她臉色蒼白，直覺病了。「陶姑娘身體不適？要不我叫大夫給妳看看？」

「不必了，我歇一歇就好了，多謝李莊主掛心。」

陶如意怎麼好意思讓他請大夫過來，其實自己也沒什麼大礙，只不過是沒休息好而已。

李承元見她急著推託，也不再多說什麼。

他仔細端詳著她，陶如意被他看著，都不好意思的低下了頭。這人怎麼可以在光天化日下肆無忌憚的看著一個未出閣的姑娘啊？就算她不在乎這些，但是也會羞澀的。

李承元沒有想太多，轉身離開，不一會兒回來時，手裡拿著一把青草，遞給柳絮。

「把這個洗乾淨，用熱水泡一泡，給妳家姊姊服下即可。」

「這……」柳絮接也不是，不接也不是。

陶如意對柳絮說：「聽李莊主的，這是草藥，沒事。」

柳絮聽了陶如意的話，笑笑的接過手。「姊姊，我去找寺廟的師父要點熱水，馬上讓姊姊喝。」

陶如意點點頭。「去吧，我在這裡等妳。」

柳絮拿著青草走開，李承元也要離開了，在這裡待太久，怕葉時然找不到他。

「陶姑娘，那妳就歇會兒，李某先走了。」

陶如意起身給他行了禮。「李莊主慢走。」

李承元還沒走出幾步，葉時然竟然找到這裡來了。

「李莊主，你讓我好找啊！」葉時然急喘著氣。

「葉兄求到好籤了？走，我們去聽聽解籤的。」李承元二話不說就要拉著葉時然往前走。

葉時然卻不依，他明明看到一個姑娘家的身影，怎麼也要打探個明白。他這打破砂鍋問到底的勁兒，讓李承元無言以對。

「你是不是遇到熟人了？怎麼不介紹給我認識一下？」葉時然一本正經的說。

李承元拉著葉時然的胳膊，冷冷說：「沒有，只不過是一個問路的。」李承元不讓葉時然往後看。

「你不用騙我，我可是看到你跟那個姑娘說話很是親近，不像是問路的。」

「我怎麼會騙葉兄你呢？我們去聽聽解籤的，看你什麼時候會有好運氣？」

葉時然說什麼就是不走，定要看個究竟，那個姑娘就是在大殿裡瞄到的那一位，這兩人定是有什麼關係，都約到這裡來了。

「你急著走幹麼，我都不急，現在好運氣就來了，我得好好接著。」葉時然瞇了瞇眼說道。

李承元不由皺了眉頭。「你竟然那麼想探個究竟那就去吧。」說罷，他放下拉著葉時然胳膊的手。

而在不遠處，坐在石凳上的陶如意不知道這邊發生了什麼事，一隻手扶著額，蹙著眉頭；另一隻手搭在石凳邊，不由得用力按住。

她已經多久沒這樣子了，以前在陶府，一有點不舒服，陶府上下噓寒問暖，前前後後伺候著，祖母和母親陪在身邊，父親去兵營不知道，一有人去跟他說了，父親總會空出點時間來看看她，跟她說一些關於兵營裡發生的趣事。

可是如今，一切都是奢望了。

第二十二章

自從陶如意的父親被罷官入獄後，處在大興的陶氏家族就一蹶不振了。

真說起來在大興的陶氏家族也單薄，左右也就那麼幾個叔伯堂表。在大難面前，誰都是為自己，這本是人之常情，陶如意從沒有去恨他們，他們也是因為她家而受到了牽連。

所以當陶文清被陷害，陶如意的祖母很受打擊，陶氏的支柱沒了，往後就難以東山再起。

正因為這樣，那時陶如意在顧上元來相救時，心中萬分感激，在如此惡劣的情景下能有一個親近的人來拉她一把，這是多麼的不容易。

誰知道是她步入噩夢的開始。

好狠毒的顧上元，怎麼就還沒死呢？

陶如意越想越頭疼。

這邊，葉時然被李承元拉著走，可葉時然偏偏要看個明白。

「你急著走幹麼？」葉時然笑吟吟說道。

「事情都辦好了，還賴在這裡不成？」

「那姑娘長得不錯，就介紹一下，好讓我這個兄長給你把把關。」

「你說的是什麼話？你還會把關？簡直是笑話。」李承元用鄙視的眼神看著葉時然，他連自己早先議親的對象長啥樣都不知道，還給別人摻和，不自量力。

「你就這麼不相信我？我可是撮合了好幾對。」葉時然說著，語氣高傲了許多。

李承元不想再跟這人說些有的沒的。「我們回去晚了有什麼差池，你這個千戶可是擔當不起。」這話是低聲說的。

竹林周圍來往的人不多，但多加注意還是好些。

葉時然清楚其中利害，也就不再開玩笑了。

李承元準備離開時，回頭往石凳這邊看了一眼，卻見到那女人整個身子都倒在地上了。

他不管三七二十一，跨步往回走，葉時然被李承元驚呆了，他猜得沒錯，李承元跟那個姑娘有貓膩！

這不，李承元打橫抱起那位不省人事的姑娘，疾步往清茗院走去。

葉時然跟在後面，他看不清那姑娘的臉，一頭黑髮散落，只聽見嘀嘀咕咕的聲音，但又聽不清說著什麼。

李承元抱著陶如意，感受到她那滾燙的身體，還聽清她的呢喃。「爹、爹……娘……娘，祖母，我……」她想親人了。

葉時然在後面問道：「她這是怎麼了？不會有生命危險吧？」

李承元冷冷道：「你少說兩句。」

葉時然聽了，更加驚奇。

這是什麼態度啊？

前面疾步走的李承元停下腳步，葉時然沒注意，差點就要撞上去。「你這是怎麼了，停下也不說一聲。」

「葉兒，你找個小師父在剛才的地方等會兒，我怕她的妹妹回頭找不到就麻煩了。」

葉時然輕哼幾聲。「都這麼清楚了，還給我藏著、掖著，簡直是不把我當兄弟。」

李承元氣急敗壞的說道：「你怎麼廢話那麼多，快去，等完事了有什麼再問。」

葉時然見他那麼著急的樣子還真是第一次，算了，不跟他計較，他轉身離開。

李承元低頭看了看懷裡的陶如意，臉紅紅的，額頭的汗珠順著臉頰滑落，還夾雜著淚珠。

陶如意有些害怕，她只知道自己支撐不住倒下了。

她要去找她的祖母，找她的父親、母親，她很想很想他們。

她昏昏沈沈的，隱約看到曾經在陶府裡快活自在的生活，跟柳絮和小落子幾人嬉嬉鬧鬧，祖母在一旁笑著看她。

母親讓丫鬟端來了她愛吃的甜點，她幸福地享用著，享受這美好的午後時光。

沒有人來打擾她，她覺得很開心，因為她見到了她最愛的親人。

可是，忽冷忽熱的感覺令她很難受。

而抱著她的李承元，聽著那嬌軟的聲音，心裡也不好受。

當年如果早點去救她的話，或許能少些痛苦。

此乃天意，他的父親是這樣跟他說的。

他當時也不覺得有什麼，這會兒卻是難受，因為這女人受到的傷害太大，她的命留下來了，陶將軍夫婦的命也留下來了，可卻是人離家散的結果。

他以為救了她，讓她在另一個地方生活就萬事大吉了，誰知道幾年後相遇會是這般模樣。他當時明明留下了銀票，足夠她過得好，可他都懷疑陶如意根本就沒有用他留下的銀子。

堂堂一個大小姐做起了買賣，在市井街頭拋頭露面，哼曲子招攬食客，碰到地痞流氓被欺負……種種難堪，這女人承受著，一句怨言都沒有，但是她卻思念成疾了。
一切會這樣，都怪那老不死的范輔相，還有懦弱的聖上，把好好打下來的天下弄成如此，天理不容。
李承元把陶如意帶到清茗院，找了一明大師，讓他給陶如意看一看。
一明大師醫術高明，李承元是清楚的。
「大師，她如何了？」
「她只是發燒，等燒退了就沒什麼大礙了。」
李承元拿了一塊布巾放在陶如意的額頭上，對一明大師說：「謝謝大師了。」
一明大師看他這般仔細對待一個姑娘，心裡有了猜測。「李莊主，這姑娘可是她？」
李承元抬頭看了一明大師一眼，點點頭道：「就是她了。」
「這姑娘也是苦命，生病了還念著她的家人，可見多想他們啊！」剛才給她把脈看病時，聽到了她迷迷糊糊的話語。
「一明大師，能讓她在清茗院歇會兒吧？」李承元問道。
「當然可以，她這樣也無法回去，等好些了再走。」一明大師說道：「她知道你是何人嗎？」

李承元搖搖頭。「我沒說，這也不是什麼可說的。」

「阿彌陀佛，善哉善哉！一切隨緣吧。」一明大師說完就走出了房間，讓小沙彌拿藥去煎。

陶如意完全不知道這會兒發生了什麼事，額頭一陣冰涼的，身子躺在軟軟的榻上，莫名感到一絲安穩。

陶如意迷迷糊糊睡著，李承元坐在床邊照看。

她的丫鬟到現在還沒來，葉時然是怎麼辦事的，一點都不乾脆。

「當年留給妳的銀票怎麼就不用呢？用了就不會這麼辛苦了。」李承元給陶如意換了布巾，輕聲念叨著。

屋裡只有他和陶如意兩人，氣氛有點平靜。

伺候人的事，李承元從沒做過，卻在陶如意身上做了兩回了，上次是在上桐城時，那會兒他在一旁照顧了兩天兩夜，在她要醒過來前他就離開了，不想讓陶如意知道是誰救了她。

其實讓她知道了也沒什麼，他那時候就不明白為何要那般折騰，不過也是急著回梅隴縣辦事罷了。

「病成這樣了還要來靈隱寺，這不是自己給自己找罪受？」李承元看著陶如意，自言自語道：「傻子，當年給的銀子也可以用啊……」

李承元一直以為陶如意是為了賺錢，才把命搭上。

在李承元嘮叨的時候，陶如意已經恢復意識了。

耳邊總有人在說著話。「傻……銀子……不花……」

她怎麼覺得有種熟悉的味道？

迷迷糊糊中，恍如回到了幾年前被推下懸崖的時候，她都懷疑自己的魂兒都已經飄到大興去找她的爹娘了，沒想到還能活下來。

不知是誰救了她，她只記得聞到一股清冽的氣息，還有最後那一道高大的背影。

男人的手有些粗糙，在她額頭試探著，感覺熱度退了些。

陶如意聽到這男人輕輕的嘆了一口氣。

陶如意一時想不起來這個幫她的男人是誰？她此刻無力睜開雙眼，依舊昏昏沈沈的。

聲音聽著有點熟悉，像是那位李莊主，可是人家已經走了，怎麼可能會回頭來救她呢？

難道此人就是當年救她之人？要不然怎麼知道她有銀票卻不花呢？

陶如意很想睜開眼，好好跟眼前人問個清楚。找了幾年的恩人有了眉目，她很是高興。

而忙前忙後的李承元，不知道躺著的陶如意已經有了意識，小沙彌端來了藥，他笨拙的餵了幾口，有些湯藥沿著嘴角流下，他拿布巾擦了擦。

這情景被進屋的葉時然看到了，一下子驚呆了。這是他認識的那位凌風山莊的莊主嗎？

他不相信的搖了搖頭，捏了捏自己的手，不是作夢，坐在床邊照顧人的就是李承元。

實在是一大奇事啊！

葉時然感嘆了一番。

跟在後面的柳絮擔憂不已，直接進了屋，不去看葉時然那奇怪的表情。

「姊姊，姊姊，怎麼樣了？」柳絮見陶如意躺在床上一動不動，差點要哭出來了。

聽見聲響，李承元回頭看了看，急忙阻止她。「妳姊姊沒事，不要大聲嚷嚷，給她好好睡一下。」

柳絮停止喊叫，上前看了看陶如意，還好沒受什麼傷。

她低聲問：「李莊主，我姊姊是怎麼了？怎麼我才離開一會兒就倒下了呢？」

「她發燒了，大師給她開了藥，已經喝了一半。」李承元把瓷碗遞給柳絮。「妳再餵一下吧。」

葉時然還站在那兒緩不過氣，仔細端詳李承元，驚訝得嘴巴都合不攏。「這……是怎麼一回事？」

李承元看著他，不說話。

不就是你看到的那麼一回事唄！

這時柳絮驚喜的聲音傳來。「姊姊，妳醒了？好些了嗎？要不要再去請大夫來看看？」

李承元和葉時然兩人循聲望去，陶如意在柳絮的攙扶下坐了起來。「柳絮，我好多了。李莊主，謝謝你救了我。」

李承元走過去說道：「妳沒事就好，在此歇息一下吧。」

陶如意卻不管那麼多，只顧著盯著李承元看。

越看越覺得是，他就是當年救她的人。

「李莊主，幾年前你是不是在崗頭山的懸崖邊救過一個人？」陶如意雖然心裡篤定，但還是問了出來。

李承元沒有馬上回答。

葉時然聽著不知怎麼回事。

而柳絮聽了卻是驚訝不已。

難道是眼前這人救了自家小姐？

「李莊主，你能給我一個確定的答案嗎？」陶如意用期盼的眼神看著李承元。

而葉時然卻不安分了，這姑娘看著似曾相識，好像在哪裡見過，瞧著也很像一個人。

「姑娘，請問妳叫什麼名字？」葉時然腦海裡有一個人的名字晃過。

陶如意見屋裡還有另一個她不認識的人，沒有回答他的問題。

李承元見葉時然這般問，心想他不會認出了陶如意吧？

他率先乾脆地回道：「是的。」

陶如意聽到答案，整個人激動不已。

他真是救命恩人啊！

在一旁的柳絮也很激動，自家小姐可是私下打探了幾年，一點消息都沒有，這會兒卻是遠在天邊，近在眼前。

陶如意強壓住心中的狂喜，跟柳絮說：「柳絮，我們出來這麼久，徐娘他們找不到我們會著急的，妳先去跟他們說一聲，別讓他們擔心了。」

柳絮說：「姊姊放心，我來之前已經先去跟他們說了，我說姊姊有點累，想歇息一下，蘇大哥就帶著兩個小子去聽大師的講座了。」

「那就好。」陶如意放下心，抬頭看了李承元一眼，只見他沒有什麼表情。「李莊主，你……」此時此刻卻說不出話來了。

「妳就好好歇息，我跟一明大師說好的，其他事情等妳好些了再說。」李承元不動聲色地道。

的確要說個清楚，要不然清茗院平白無故住進一個姑娘，到時候真就有理也說不清了。

「要不我們還是回家吧，在這裡不妥。」陶如意想了想說。

李承元說：「有什麼不妥的，一明大師都沒說什麼。此處比較偏，沒什麼香客會到這裡，姑娘大可放心。」

葉時然也跟著附和著，笑呵呵說：「對、對，姑娘妳就在這裡休息，我們會幫妳看著的。」說完還不忘蹭了蹭李承元的胳膊，對他做了個鬼臉。

李承元見他這般嬉鬧，真想離他遠些，表示不認識此人。

葉時然又道：「姑娘，我們是不是認識啊？我怎麼看妳很熟悉？」

陶如意被葉時然再一次問，抬頭想仔細的看一看，哪知李承元不知是有意還是無意，挪了幾步站在葉時然的前面，她又不能說讓李承元讓開。

她只好說：「這位公子，我們應該不熟……」說到後面越來越小聲。

葉時然還想問，見李承元這般阻攔，心裡感到莫名其妙，既然這會兒不能多問，那就等有機會再審問審問李承元好了。

李承元開口說：「姑娘，妳跟葉兒不熟，他看錯了。」

陶如意見他這般冷靜，也知道此刻多說不好，就讓柳絮把湯藥給她，一鼓作氣喝了下去。

「姊姊，是不是很苦啊？」柳絮知道自己小姐吃不了苦藥，以前在陶府生病，大夫開的藥都要加點甘甜的，要不就是夫人給小姐蜜棗子含著吃。

陶如意喝完藥，臉都皺了，但在李承元和葉時然面前還是佯裝無所謂。「不苦。」

李承元出去了一會兒，回來手裡拿著一小罐蜜糖，遞給陶如意，淡淡的說：「吃這個吧。」

葉時然再次目瞪口呆了。

陶如意很是自然的接過，從罐子裡拿了一塊含著，唇齒間都甜絲絲的。

柳絮看著小姐和恩人李莊主的默契，心裡十分疑惑。

她是不是錯過了什麼？

而葉時然從頭到尾始終被幾人視而不見，他有點失落，這都啥玩意兒？老虎不發威，當他是病貓啊！

第二十三章

李承元和葉時然兩人又回到偏院的那一處石桌前，面對面坐了下來。

茶具還沒收走，李承元煮上了水。

「你就沒什麼話要跟我坦白說嗎？」葉時然這一路憋得難受，一坐下就問道。

李承元慢條斯理的收拾著茶杯和茶壺，連頭都沒抬起來去看葉時然一眼。

「你這是什麼態度？怎麼說你也叫了我一聲葉兄，有什麼不能說的？」葉時然十分想了解到底發生了什麼。

「你這麼急幹麼？非得我又要說你了，堂堂一個千……」李承元的話還沒說完，葉時然就阻止道：「你不要說這些，我現在不是什麼千戶，只是個閒人。」

「葉兄，你別給我來虛的，我知道密旨都要到了。」

「那個姑娘是誰？」

「一個平民百姓家的姑娘。」

「李承元，你是不是要給我添堵？我都問這麼多次了！」

「她就是一個百姓家的人，我沒有騙你。」

葉時然輕哼一聲。「李莊主，你在怕什麼，才不跟我說實話？」

「我沒有。」

「你沒有？我可是見過幾次，你跟她親近得很，外人不知道的，還以為她是你的女人……」

「她就是我的女人。」

所謂逼急了，什麼都會說出來的。

葉時然以為自己聽錯了。

「你說什麼？」

「他就是我的女人。」李承元再次肯定回道。

葉時然用驚訝的目光盯著李承元，然後不由得大笑一番。「好啊，你終於說出實話了！若不逼你，你一定會藏著掖著！」

李承元不覺得這話有什麼奇怪，如果當年他早點往前一步，或許還真會成了另一種結果。

「李承元，我早就知道你有事瞞著我。不過我總覺得在哪兒見過她……」

「不可能。」李承元說。

他都不知道自己為何會這般不耐煩，只不過是一聽葉時然認識陶如意，他就很不爽。

這心思的變化令李承元有點措手不及。

葉時然輕飄飄的說：「其實我都知道那姑娘是誰了，難怪會有熟悉感。」

李承元本在泡茶，一聽這話，手不由顫了顫。

這一行為盡收在葉時然的眼裡，他今天就是想好好捉弄一下這個太過冷酷的凌風山莊莊主。

不過葉時然的確想起那個姑娘是誰了，她長得很像陶大將軍，雖然只見過陶如意一次，那時候才十歲，幾年過去，什麼都不一樣了。

當年陶大將軍對他說的話本就是開玩笑而已，葉時然沒有當真，那天跟李承元說那話，只不過是給自己找個藉口罷了。

不過，當他聽說陶府被陷害，死的死，入獄的入獄，他心裡也是急著想去救人的，無奈自身也陷入困境。

家中老母親催他成親，他時常找理由回拒，畢竟現在大津不安穩，他哪有心思去娶親成家？

李承元問道：「你知道她是誰？」

「在她小的時候見過一次，當時我跟在大將軍身邊去了兵營看將士們操練。

「李莊主，你藏得好深啊！」
「此話怎講？」
「前段時間我還在你面前說陶家的事，你卻一直裝作不知道，把所有事情暗暗藏著，現在我知道是什麼緣故讓李莊主這般言而無信。」
葉時然直接端起茶杯喝了。
李承元冷淡的說：「笑話。」
「你明知道陶家大小姐尚在人世，我找得辛苦，卻一句都不透露給我知道，這算什麼？」
「局勢不容許我跟他人說破。」
「我是他人嗎？你存著什麼心思，我會不明白？」葉時然笑笑說。
「范輔相女兒、女婿的事，該是你的手筆吧？」葉時然繼續問道。
此時此刻李承元也沒什麼不可對葉時然說的，點點頭。
「他們就該得到點教訓。」
其實，一些事情葉時然也查到了，只不過還不齊全而已。
「你做得很對，往死裡打都不為過。」葉時然狠狠的說。
李承元冷哼道：「這遲早的事。」

「到時定要算上我一份，陶大將軍對我很好，說起來是我的恩師。」
「葉兄乃念舊之人。」
「不要說這些花裡胡哨的話，李莊主要怎麼安頓陶姑娘呢？想不到她在梅隴縣，我來這麼久竟然沒遇見她。」
李承元心想還好沒遇見，他自己還是去年那一次相遇，才知道她過得不怎麼好。明明自己都留足了銀子給她，她卻不知道怎麼想的，大雪紛飛裡賣豆花，還要唱曲子來吸引食客前往，為了多賺幾文錢，在眾目睽睽之下受人欺負，要不是他們及時相救，後果真的不堪設想。
她本是一位大小姐，跟著那些貴女們一道賞花、看戲、吟詩作賦，卻因為奸臣當道、未婚夫無情，狠狠把她推下深淵。
就算命大活了下來，但那臉頰上的一道疤痕卻沒有褪去，這對於一個女子來說是多麼痛苦的折磨。
「李承元，你剛才信誓旦旦說她是你的女人，這話可是當真？」
「當然是真的，男子漢大丈夫，說話算數。」
葉時然看著李承元那樣子，捧腹大笑。「李莊主開竅了就好，你父親他老人家就大可放心了。」

這麼大的轉折點，讓葉時然覺得很奇妙，或許他們兩人早就有了聯繫吧？

這時，一陣腳步聲傳來，李承元抬眸看去，見一明大師笑咪咪的走了過來。

「兩位施主，談得甚歡啊！」

李承元和葉時然兩人一道起身，向他躬身行禮。

「都坐下吧，在此無須多禮。」

一明大師在葉時然旁邊的位置坐了下來。

「李莊主，那位姑娘醒來了吧？」

李承元點點頭。「醒來了，大師的醫術高明，一帖藥就讓她恢復得很快。」

一明大師擺擺手。「李莊主過譽了，陶姑娘本就沒什麼大礙，得了風寒且勞累過度，才會起這麼大的反應。

「等會兒我再寫張藥方給她帶回去，照著上面做就好了。」

「大師，我先替陶姑娘謝謝您。」

此時此刻李承元十分的通情達理，善解人意。

葉時然見李承元為了陶大小姐這樣有禮有情，實乃可貴。

一明大師說：「葉將軍，你有什麼想法？老王爺可是讓你要提前做準備，盡快把那份名單找到。」

葉時然回道：「大師，葉某知曉，定不負所望。」

喝了藥之後，陶如意躺了會兒。

這個偏院十分安靜，沒有外人打擾。

而她歇息的這一間房，更是在偏僻一點的地方。

她支撐著身子坐了起來，長髮零零散散的。

她拿手探了探額頭，發現燒已經退了。

柳絮打了盆水端了進來，見陶如意起床了，很是高興。「姊姊，感覺如何？好多了嗎？」

「我沒事了，咱們得收拾收拾回去了。」陶如意下了床說道。

大師開的藥還真是對症，一帖藥喝完，休息半個時辰，就令自己精神倍足。

柳絮擰了一條布巾遞給陶如意，讓她擦拭一下臉和手。

看自家小姐這模樣，她心裡很難受。

好在有一件好事，就是找到了當年救小姐的那個恩人。這位李莊主長得還好看，氣宇非凡。

「姊姊，我們該如何報答那位恩人啊？」

這個問題從剛才開始就一直讓柳絮糾結著。

如今她們要錢沒錢，要勢沒勢。

「柳絮，不管如何，我會真心真意對恩人表示感謝的，現在想想，年前得的銀票也應該是這位恩人給的。」

陶如意剛才已經把一切的前因後果都想了一遍，人家李莊主可是幫了她好幾個忙呢。

當年那般險惡，得罪的還是當朝權貴，一般人是不敢出來相救的，可是李莊主卻義無反顧的救了她，這可是需要很大的勇氣。

陶如意覺得李承元這人應該是一位不簡單的人物，那個羅史吉朝中有人，他在李承元面前都要低頭哈腰陪笑著。

李？

她想到當今聖上也是這個姓。

陶如意搖搖頭，覺得不可能，這兩者如何能連接起來呢？這豈不是笑話了？

小落子的信件她盼了許久，焦急不已，卻在遇到田石櫃和李承元之後，自然而然的就到了她的手裡，還說她的爹娘有機會出來跟她團聚，這種種疑惑一瞬間浮現在陶如意的腦海裡，讓她百思不得其解。

剛剛說的那位一明大師，陶如意沒去多加注意，這時候再想想，這位大師她以前曾聽聞過，她的父親跟她說過此人仙風道骨，參禪大善，醫術了得，莫非是同一人？他竟然在靈隱寺？

她可是聽父親說大師雲遊四方，宣揚佛性道法，以己綿薄之力救死扶傷。原來李莊主認識一明大師，看起來關係還很要好。

「原來姊姊早就見過恩人了，真是有緣啊！」柳絮笑咪咪說道。

「那時候田大哥也在一旁，可是我卻不認得他們。」陶如意回過神來對柳絮說。

「姊姊，妳說說，好幾件重要的事情都是恩人他們幫了我們，這簡直該謝天謝地了。」

「是啊……」陶如意擦了把臉後，整個人清爽多了。「我們出去跟好心人說說就回去找徐娘他們，離開這麼久他們都要擔心了。」

「好的，姊姊，我剛才出去提水，見到恩人幾人在後院裡坐著。」

「柳絮，妳帶我過去。」

陶如意把床被折好，兩人一起出了房，往院子裡走去。

經過一道走廊，兩邊是翠綠的草木、含苞待放的花朵，清脆的鳥叫聲傳入耳裡。這個地方倒也不錯。

算是靈隱寺靜中之靜的一處，清雅幽靜。

陶如意很喜歡這樣的地方，如果讓她住一輩子都願意。

可現在說什麼都沒辦法有這般閒情逸致啊，總要為生活奔波勞累，要不然就得去喝西北風了。

她不由得自嘲一下，才幾年的時間，自己都變得小家子氣了。

兩人走得很慢，要到院子需要穿過這道走廊，還要過一個拱門，到了那裡又是另一番景色。

靈隱寺建得如此精緻，難怪引來的香客比別的寺廟要多了去。

柳絮帶著陶如意往李承元他們閒坐的地方去，沿路卻被清茗院的風景吸引著，時不時停下腳步觀賞。

剛才所有的疑惑暫放一旁，等有時間了再琢磨琢磨一番。

一個轉彎，出現在她眼前的是一片空曠的園地，三人圍在石桌處，喝著茶、說著話。

這樣上前不知道會不會打擾了他們？

在陶如意遲疑時，卻聽到李承元說：「如果陶姑娘願意，我會娶她，定保她安然無恙。」

陶如意驚住，跟在身邊的柳絮更是目瞪口呆。
李莊主口中說的陶姑娘是她家小姐嗎？這……太令人措手不及了啊！

第二十四章

聽到這話後，陶如意進也不是，退也不是，站在那裡不知所措。

而跟在身邊的柳絮也是停下不動，她心裡七上八下的，不知道那位恩人為何說出這句話。

最後，兩人還是靜悄悄的離開了。

陶如意不知道說什麼好，有些尷尬。

畢竟一個女子平白無故被一個男人在背後說要娶自己，當然會忸怩不安啊！

她留了字條，上面寫著感謝，等有機會再上門道謝。

待李承元見到字條，就明白剛才說的那句話嚇到人家了。

「李莊主，陶姑娘不告而別，有點不好。」葉時然笑笑說。

「怎麼就不好？你的話真多。」李承元拿了字條去找了一明大師，跟他告別，準備離開靈隱寺。

葉時然見到陶如意兩人過去庭院找他們了，只不過他沒有跟李承元說明白而已。

對於李承元說的那句話，他當時也很吃驚，沒想到李承元竟然這麼維護她。

他們都能理解，如果被敵人發現陶如意還活在世上，必會再次招來麻煩，甚至有生命危險。

李承元娶了她，說起來也是個好辦法。

只是看起來有點強人所難了。

一明大師在一旁只是笑笑，沒多說什麼。

葉時然更是如此。

陶如意和柳絮去尋找徐娘、蘇清幾人，準備回白家村。

徐娘見陶如意臉色蒼白，甚是擔憂。

「如意，回去了好好休息，其他活兒我和柳絮來做，妳大可放心。」徐娘說道。

「徐娘，我沒事了，妳不用擔心。瞧瞧，這會兒我是不是很有精神啊？」陶如意笑盈盈說道。

「還是休息一下，這些日子妳太累了，錢是賺不完的，不用擔心，身子最重要。」徐娘輕輕拍著陶如意的手說道。

「我娘說得對，姊姊聽話！」柳絮攬著陶如意的胳膊笑著。

「好好，我聽話。」

蘇清不知道怎麼安慰陶如意，竟然出門遊玩卻累得病了，他這個做大哥的一點都不知道。

的確，這段時間他為了準備參加考試，一心一意用在學習上，還去找了朋友一起探討，家裡如何他少去關照；學堂的學生們很自覺，專心學習，這讓他省心了許多。

他以為把賺來的錢交給乾娘就好，其他沒什麼問題，本想好好跟陶如意聊聊的，最後卻不了了之。

一路晃晃悠悠，晌午後就到了白家村。

早上做的點心都沒吃多少，回家後讓兩個小子當飯吃了。

陶如意覺得有些累，直接回裡屋躺著。

剛才在路上，徐娘笑著跟她說她求了好籤，好運即將到來，讓陶如意放寬心。

陶如意聽了笑逐顏開，這是好事，靈隱寺求的籤都很靈驗，要不然那些香客也不會千里迢迢過來。

她最大的心願是一家人團圓，好好過日子就行。

柳絮在一旁像是想起什麼，大聲笑著。「姊姊的桃花運也要來了。」

陶如意輕輕拍了她一把。「妳胡說什麼呢！」

徐娘見女兒平白無故說出這話，覺得其中定有什麼貓膩，但在陶如意面前沒有多問。

「我說得沒錯啊！如果姊姊能得一如意郎君，也是一件好事。娘，您說我說的對不對呀？」柳絮笑道。

徐娘抿嘴一笑。「當然是好事。如意，我也希望妳能找到一個好歸宿，分擔一下，妳就不會這麼累了。」

這些年來，陶如意一個人扛起陶家的所有事情，是多麼困難，如有一人願意幫忙，倒也甚好。

陶如意當然明白徐娘的意思，可是談何容易？

躺在榻上，陶如意思緒萬千，怎麼也無法入眠。

如果李承元話中的對象是她，不知道是什麼意思？

瞧他們三人早已知道她是何人，要不然怎麼說要保她安然無恙呢？

假如他真的要來娶她的話，她該如何面對呢？

屋外靜悄悄的，應該是徐娘讓寧哥兒和胖哥兒不要吵鬧，進屋去寫字帖了吧。

一路上兩個小子都識趣的沒有調皮，甚至下車去跟蘇清一道邊走路，邊總結今早在靈隱寺所聽的佛性道法的參悟。

她在白家村這幾年過得倒也和諧，柳絮一家對她尊重有加，村裡雖有些人在背後說三道四，她就當沒聽見，不受打擾；在街市擺攤做點小買賣，總會遇到一些欺軟怕硬的地痞流氓，也有好心人會幫忙化解。

所以日子說苦也不苦，說累也不累，總得這麼過下去。

柳絮一回來就去給陶如意熬藥。

一進屋，見陶如意靠著榻頭似是在想事情，便好奇問道：「姊姊，妳怎麼沒睡啊？」

「睡了一、兩個時辰，這會兒睡不著了。柳絮，妳過來坐坐，陪我說說話。」陶如意說道。

柳絮把藥放在桌上，等涼了再給陶如意喝下。

「姊姊，妳是不是在為李莊主說的那話苦惱著？」

陶如意笑笑說：「想不到柳絮丫頭也是看得透的人，說實話，我都被那句話給嚇住了。」

「當時我也是，他怎麼就說了那樣的話呢？姊姊跟他也就見過幾次面，他這也太隨便了吧？還是跟大師他們說的，這把姊姊當什麼人了啊？」柳絮想想也不妥。

陶如意這會兒卻是心平氣和，人家會說出那句話，或許是出自對她的保護吧？

「柳絮，我在想李莊主應該是早早就認識我的，要不然他斷不會這麼隨口一說。」陶如意思索後，覺得李承元這人的來歷不簡單，但一時又無法想得透澈。

柳絮聽了這話，不由得思前想後一番。

這幾年在陶府做事，跟在小姐身邊，來來往往的人看得多，卻對這位李莊主沒有印象，那時候印象最多的，就是有著豺狼之心的顧上元了。

想起這個傷害了小姐的小人，柳絮恨得咬牙切齒。

「姊姊有可能記起這人是誰嗎？」柳絮問道。

「我就是想不起來，所以才苦惱。」

柳絮嬉皮笑臉道：「姊姊，如果李莊主真的來求親，妳可會答應？」

「這說的什麼話？又來取笑妳姊姊，妳是不是欠揍了？」陶如意佯嗔道。

「姊姊怎麼變得如此野蠻了呢？可不行啊。」柳絮說完，自己先捧腹大笑了。

陶如意見狀，瞪了柳絮一眼。「我野蠻嗎？柳絮妳膽子大了啊。」

兩人在屋裡說著悄悄話，時不時傳出燦爛的笑聲。

「姊姊，李莊主當年救了您，我們是不是該去跟人家表示一下謝意啊？」柳絮又再次說了這事，她也清楚救命之恩大如天。

「那是自然的，只不過一時不知如何做才好。」陶如意陷入沈思，這天大的恩情，要用什麼東西來償還？

柳絮笑咪咪說：「我說姊姊，要不您就以身相許好了，這比什麼都貴重。」

陶如意真的要打柳絮了，竟說出這等話來，還好屋裡只有她們兩人，要是外人聽了，豈不覺得她是一個急著嫁出去的女子？

「柳絮，怎可開這個玩笑？」

「姊姊，我覺得這真的是不錯的辦法，我看著那人什麼都不缺，而我們又沒有珍貴之物去答謝。」而且那人都說要娶姊姊為妻呢。

「以後少說這些玩笑，旁人聽了不好。」但她此刻還真想不出什麼辦法來。「算了，等我病好些了就去凌風山莊找田大哥問問，他應該知道李莊主的喜好是什麼。」

柳絮點點頭。「姊姊，就找田大哥好了，畢竟他在李莊主跟前，應該比較清楚。

「好了，姊姊，把這藥喝了吧，都涼了。」

陶如意硬著頭皮拿起盛著藥的碗，閉著眼，咕嚕咕嚕一口氣喝完。

「柳絮，這碗喝完就好了，不用再煎了。」陶如意交代柳絮，她真的不想再喝藥了，太苦了，整個舌頭都苦得難受。

雖說她明白良藥苦口，但就是不願受這樣的罪。

柳絮知道會這樣，從袖口裡拿出一小罐蜜糖，遞給陶如意。「吶，姊姊，吃這個。」

這一小罐蜜糖還是李莊主給她留下的。

陶如意看著熟悉，不由得想到這是李承元送的，那時候一聽她不喜苦藥，就走出去幫她拿了這一罐蜜糖來，給她消消苦味。

這人倒也細心體貼，真是看不出來。

「姊姊，這蜜糖好吃吧？」柳絮問。

陶如意點點頭，拿了一小塊就往嘴裡塞，瞬間就覺得舒服多了，甜滋滋的。

「李莊主拿給我，還交代著要帶在身邊，以備姊姊喝藥時配著吃。」

「我知道。」

陶如意是仔細的人，周圍發生什麼也會多加留意，當時李承元把柳絮叫到一邊說話，還遞給她這罐，她看得很清楚。

「姊姊，喝過藥就再躺會兒吧。」柳絮接過碗說道。

陶如意擺擺手。「不能再睡了。柳絮，把那一袋豆子拿來，我可以趁著這空閒挑挑。」

「姊姊怎麼就不聽話呢？在路上您是怎麼答應我娘親的，回家了要好好休息，不要管其他的，活兒我們幾個會做的。」

「都休息大半天了，骨頭不舒展一下真的很難受。」陶如意說。

「不行，姊姊您今天必須給我們好好在這裡待著，我就陪著姊姊說說話也行，活兒留著明兒再做。」反正活都做不完，不差這麼一時半會兒。

「妳這丫頭，竟然管起我來了。」陶如意瞪了一眼說。

「呵呵，就這一次，其他的以後再算。」

這時，外頭傳來了徐娘的聲音。

「柳絮、柳絮──」

柳絮起身走過去把屋門打開，對著外頭說：「娘，我在姊姊這裡，怎麼了？」

徐娘走了過來，手裡端著一個盤子，盛著幾片切好的香瓜。

「如意，妳怎麼樣了？」徐娘進屋問陶如意，順手把盤子放在桌上。「這瓜很甜，是村西的金花送過來的，妳們都嚐嚐看。」

村西的金花就是那位劉嫂，租蘇清舊房子的那人，做生意不錯，見的世面廣，幫了陶如意許多忙，那刺繡的買賣就是劉嫂牽的線。

陶如意問：「徐娘，劉嫂來過啊？這瓜是她家種的嗎？」看著挺新鮮的，咬一口，甜滋滋的。

徐娘回道：「是自家種的，金花說今年這瓜收成多，都長滿了一排，她都樂開懷，還拿了一些去賣，賣得不錯。」有得吃又能賣錢，當然高興了。「我都想著在我們後院闢出一排來種這瓜，看看明年能不能也大豐收。」

柳絮聽了笑著說：「娘，您這想法可行。」

徐娘說：「只不過這瓜的籽不是那麼容易得到的。」

陶如意清楚這瓜的種類不尋常，一般人家不會去種，她在《蘇家食譜》上有看過，要看天時地利，不是說把籽種下就好了。

她家後院的地肥沃，如果試著種這類香瓜，不知道適不適合？

「徐娘，妳說的倒是可行，我們可以跟劉嫂買一點籽，只是後院的地不知道可不可以種？還是等看看再做決定吧。」

徐娘說：「如意，我只是隨口一說，看著金花那樂呵呵的樣子我就眼紅了，現在我們不缺那麼一點，妳別當真了。」

柳絮插嘴道：「娘，姊姊剛才還想著挑豆子，我阻止了不讓。」

徐娘說了說陶如意。「如意，妳可要好好休息，我都說了活兒有我們做，妳大可放心，一點都不會落下的。」

陶如意看著她們母女倆一個一個勸著她，她不聽都不行。「好，我就聽徐娘的，今天什麼都不做，就等著吃喝睡。」

徐娘跟柳絮聽了這話都笑開了。

「娘、姊姊，快出來看，大哥給我們買了牛車！」寧哥兒在外面嚷嚷著。

徐娘十分驚訝。「這……清是做了什麼？我就覺得奇怪，他一回來把東西放下就出門了，也沒說什麼。」

陶如意說：「徐娘，我們去看看是怎麼回事？」

三人從裡屋出來，走到院外，見到幾個小孩圍著牛車左看右看。

蘇清笑笑的把牛車綁在門口的一棵大樹上，轉身對她們說：「乾娘、如意、柳絮，這車以後就是我們家的了。」

徐娘走上前，驚訝地問：「清，這真的是你買來的？」

蘇清頷首。「家裡有輛牛車，出入才方便些。」

陶如意上前看了看，這牛車不就是早上租用的那輛嗎？現在就成了他們家的？

「大哥，這牛車要花好些錢吧，咱們還是不要吧？」陶如意說道。

一輛牛車至少要花一兩銀子，這真的太不划算。

「如意，這牛車是必須的，妳們經常往縣城走，走路還要挑東西，累得很，有了這牛車就方便許多，也能省好些時間。」蘇清認真的對她們解釋。

他知道她們都心疼錢，但他也看到陶如意累到暈了，心裡很難過，一個女子在外奔波著，千辛萬苦就是為了多賺點銀子。

「妳們放心，這輛車的花費我還付得起，前些日子我總是往外跑，就是賺錢去了，幫朋友寫了幾本書，這不賺了個滿貫？」蘇清說著，自個兒都笑開了。「好消息等到現在才告知妳們，真是我的不對。」

徐娘笑說：「這麼大的好事，也不跟我說說，但是賺了錢也不能這般花啊！」

陶如意朝蘇清笑道：「大哥，你還是存著吧，這牛車退回去，我們不需要。」

柳絮在一旁說：「娘、姊姊、大哥，我們還是進屋說吧，站在這裡說話，別人在看著呢。」

一些話少在外頭說，柳絮就瞄到那個李氏直直往這邊盯著，又是眼紅了，有了什麼就四處加油添醋的說，給她們惹來不少麻煩。

幾人進了屋，寧哥兒和王小胖在外面看著綁住的牛車，這兩小子此時此刻十分開心，家裡有了一輛牛車，這可不簡單。

白家村沒幾家有這樣的派頭的。

徐娘、陶如意等人圍著桌子坐下，柳絮提了一壺茶水過來，給幾人都倒了一杯。

蘇清先開口問陶如意。「如意，現在身體怎麼樣？好些了吧？」

「大哥，我喝了藥，好很多了。」
「大哥我這些日子忙著事，沒好好幫忙，真是不好意思。」
徐娘說：「清，我們都不用說客套話，你教書也是忙得很。」
「徐娘說得對，一家人不說二話。不過，大哥，你還是把那車退了，你辛苦得來的錢不可這麼用。」
蘇清篤定說道：「這次大家一定要聽我的，這車是退不了，那人都不知道跑哪兒去了。」
徐娘跟陶如意相視一眼。
「也罷，買了就買了。清，這個我來出，你們都有給我錢，我存得多了，也該花花了。」徐娘拍板說道。
「乾娘，這還不是一樣？」蘇清從袖袋裡拿出一些碎銀遞給徐娘。「這裡還有一些，我還是放在乾娘您這裡。」
「這……」
燙手山芋都往她這兒丟了。
陶如意笑道：「原來徐娘在幫著大哥存錢，大哥娶媳婦的日子該是不遠了。」
「就妳取笑我。」蘇清說道。

徐娘說：「我早就說過妳們的蘇大哥了，快些把嫂子娶了，那就是大喜事一樁啊！」

——未完，待續，請看文創風946《落難千金翻身記》下

2021年4月出版

迎妻納福

文創風 942～944

齊家之道在於和，小庶女也能有大福氣！
嘴甜心善，好運自然上門來～～

人好家圓，喜慶滿堂／月舞

出身相府卻軟弱好欺，成親後遭外室毒死，腦子進水才會活得這麼慘吧？
她穆婉寧雖是小小庶女，也明白錯一次是苦命，再錯一次就是犯蠢的道理，
如今重生可不能任誰搓揉，她決定改改脾氣，當個討人喜歡的小姑娘，
除了跟兄弟姊妹和樂相處，亦要承歡長輩膝下，靠山總是不嫌多嘛～～
原以為歲月就此靜好，孰料考驗又至，她上街買串臭豆腐竟捲入刺殺案件，
被路見不平的大將軍蕭長恭救下後，得他青眼，低調日子從此一去不回頭啊……
蕭長恭的示好讓她心動又失笑，送把刀給她防身，居然想請戒殺的和尚開光！
夜探閨房更是理所當然，難道戴著獠牙面具、霸氣無雙的他真是個二愣子不成？
不過要權有權、要錢有錢的蕭長恭乃貴女們的佳婿人選，現在沒了機會豈能甘休，
但她已非昔日的軟柿子，還有宰相府和將軍府撐腰，誰敢算計她，定加倍奉還！

2021年3月出版

牛轉窮苦

文創風 937～939

她自小就走路一步三喘，吃了很多藥，也看過很多大夫，都治不好，
而且在投奔叔嬸的路上還意外跌下山谷，臉上滿佈樹枝劃傷的滲血傷口，
叔嬸怕她會晦氣地死在自家裡，因此一門心思想盡快把她嫁出去了事，
他們甚至還放出話，說只要幾斤酒肉、一身衣裳就能帶走她！
莫非她的一生將葬送於此？她不甘心，都說天無絕人之路……不是嗎？

世間萬物，唯情不死／一曲花絳

卜卦的人曾說過，如果遇見有緣人，她病弱的身子興許就會好起來，
安寧發現，她的夫婿沈澤秋就是那個人，她確實不藥而癒了！
初次見面時，她臉上的傷口可怖猙獰，就連她自己都覺得醜，
可他卻完全沒看見似的，毫不嫌棄，且待她極好，令她安心不少，
甚至在帶她就醫後，還認真安慰她，說就算臉上留下疤了，仍是好看。
即便要每天走街串巷的賣貨，像牛一般辛苦工作，他都甘之如飴，從不喊累，
不過夫妻本該禍福與共，既然他主要是賣布疋的，那她就在家開裁剪鋪子吧！
說來也巧，畫新穎的花樣、裁剪並設計衣裳是她從前下過苦功學的，很拿手，
酒香不怕巷子深，隨著生意漸好，兩人因一筆大訂單而接洽了錢氏布坊的掌櫃，
雖外頭傳得繪聲繪影，都說錢家人要搬走是因為開了多年的布坊近來鬧鬼，
甚至錢掌櫃本人也跟安寧夫妻證實半夜有敲門聲、腳步聲，並感覺被窺伺，
最可怕的是，就連獨生愛女也常自言自語，說是在跟一個紅衣姊姊說話！
可安寧夫妻不信這個，且兩人進過那店鋪及內宅，並沒有任何不舒服的感覺，
於是，在慎重考慮過後，他們與錢掌櫃達成協議，決定接手布坊，幫忙出清存貨，
倘若這回能順利站穩腳跟，那他們扭轉窮苦、邁向富貴人生的日子便不遠啦！

流浪貓狗介紹所

為流浪貓狗加油 和貓寶貝 狗寶貝

廝守終生(一定要終生喔！)的幸福機會

對人來說，貓寶貝狗寶貝只是生活的一部分，但妳（你）對牠們來說，卻是生活的全部，領養前請一定要考慮清楚——

▲ 用笑容等待福運降臨的 波妞

性　　別：女生

品　　種：米克斯

年　　紀：將滿6個月，2020/9/9出生

個　　性：聰明、親人也親狗、很愛撒嬌

健康狀況：基本預防針已全數施打完畢，非常健康！

目前住所：南投縣埔里鎮（暨大動保社犬舍內）

本期資料來源：國立暨南國際大學動物保護社

『波妞』的故事：

波妞的媽媽波尼，在去年暑假時被棄養到學校，帶去檢查的時候發現已經懷孕好幾個月，我們也不忍心拿掉這些小生命，於是一群波寶寶們出生了。

與其他九個兄弟姊妹相比，就數波妞最不起眼，牠沒有可愛的皺臉、沒有乾淨的小四眼，個性好安靜，會乖乖吃著飯也不會去爭吵，睡覺更是牠每天的日常，讓我們都很擔心牠最後會被留下來。果然在FB第一次發領養文後，儘管見過三組有意願的人，但不是覺得牠沒有照片中的胖胖可愛，就是說要回去跟家人討論，之後也沒有下文了。

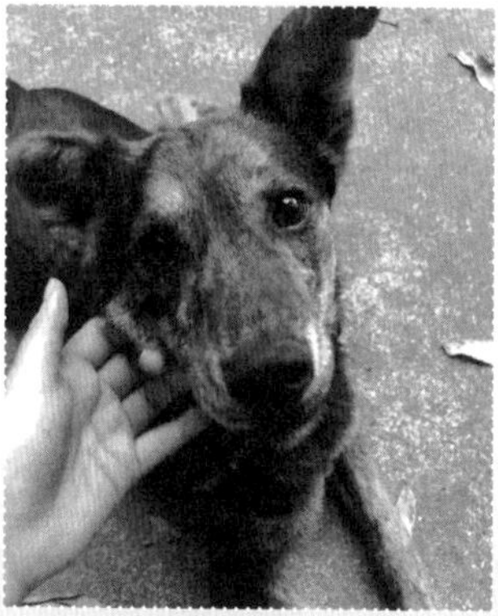

隨著一個個手足找到新家而離去，或許是感受到我們的擔憂，波妞變了，從安靜的小女孩，變得很愛叫，看到人就會一直叫，彷彿在訴說牠的寂寞。因此為了讓波妞能順利找到好人家，全體社員除了每天的照顧陪伴，還幫忙做教育訓練，結果聰明如牠，指令跟定點尿尿一下子就學會了，而且非常會看人的臉色，親人也親狗，很愛撒嬌，是個什麼都吃又吃不胖的可愛小吃貨。

雖然經過努力後，波妞的成長讓牠有了一個禮拜的試養期，但最後還是因對方還沒有作好準備而放棄。不過沒關係，波妞不是天生憂鬱的孩子，沒多久自己就振作起來，恢復了元氣，每天認真玩、認真吃，好不快樂！若您喜愛這樣樂觀開朗的波妞，就快上國立暨南國際大學動物保護社FB連繫吧，牠正等待下一個願意接納牠的家庭，波妞已經準備好了，就差看得見牠美好的您去尋牠！

認養資格：

1. 認養人須22歲以上，有穩定工作且經濟獨立者。若您是男生，希望是已當完兵再來領養。
2. 不關籠、不放養，且家人都須知道領養人要養狗，對待波妞不離不棄。
3. 認養前領養人會有個資格審查，通過後須同意簽認養寵物切結書。
4. 須同意送養人日後之追蹤探訪，會以電訪與網路聯繫為主，約莫追蹤半年至一年左右。

來信請說明：

a. 個人基本資料：姓名、性別、年齡、家庭狀況、職業與經濟來源等。
b. 想認養波妞的理由。
c. 過去養寵物的經驗，及簡介一下您的飼養環境。
d. 若未來有結婚、懷孕、出國或搬家等計劃，將如何安置波妞？

文創風
945

落難千金翻身記 上

國家圖書館出版品預行編目資料

落難千金翻身記 / 溪拂著. --
初版. -- 臺北市 : 狗屋出版社有限公司, 2021.04
冊 ; 公分. --（文創風 ; 945-946）
ISBN 978-986-509-202-3（上冊 : 平裝）. --

857.7　　110003812

著作者　溪拂
編輯　王冠之
校對　陳依伶
發行所　狗屋出版社有限公司
地址　台北市104中山區龍江路71巷15號1樓
電話　02-2776-5889～0
發行字號　局版台業字845號
法律顧問　蕭雄淋律師
總經銷　知遠文化事業有限公司
電話　02-2664-8800
初版　2021年4月
國際書碼　ISBN-13　978-986-509-202-3

本著作物由北京晉江原創網絡科技有限公司授權出版

定價260元
狗屋劃撥帳號：19001626
網址：love.doghouse.com.tw　E-mail：love@doghouse.com.tw